Rocko Schamoni
Fünf Löcher im Himmel

PIPER

Zu diesem Buch

Alles fängt damit an, dass für Paul Zech das Leben aufhört. Nach einer ziemlichen Pechsträhne landet seine bürgerliche Existenz auf dem Müll, und Paul zieht los in die norddeutsche Weite. Im Gepäck hat er nur sein altes Tagebuch. Während er den melancholischen Kneipier Pocke kennenlernt und von ihm einen alten Sportwagen geliehen bekommt, liest Paul von seiner großen Liebe zu Katharina Himmelfahrt. Sie war das Mädchen, in das er sich bei den Proben des Schultheaters zu den »Leiden des jungen Werther« verliebte. Doch mit einer dramatischen Eifersuchtsgeschichte unter den Akteuren bricht das Tagebuch ab. Nach einer Spritztour mit dem alten Datsun durch Dänemark kehrt Paul verändert nach Norddeutschland zurück – und meldet sich noch einmal bei Katharina, um Licht ins Dunkel seiner frühen Jahre zu bringen.
Poesie und Unbarmherzigkeit sind die zwei Pole im Leben von Paul Zech – Rocko Schamoni verbindet in seinem neuen Buch sensiblen Bildungsroman und knallharte Roadnovel.

Rocko Schamoni, 1966 in Schleswig Holstein geboren, tourt regelmäßig durch die Republik und besitzt eine eingeschworene Fangemeinde als Musiker, Autor, Entertainer, Schauspieler und Regisseur. Auf sein Debüt »Risiko des Ruhms« folgte sein langanhaltender Bestseller »Dorfpunks«. Literarisch ist Rocko Schamoni zuletzt mit den »Sternstunden der Bedeutungslosigkeit« und seinem »Tag der geschlossenen Tür« in Erscheinung getreten, sein jüngster Film »Fraktus« über eine fiktive Band der Achtzigerjahre kam 2012 in die Kinos.

Mehr zum Autor unter www.rockoschamoni.de

Rocko Schamoni

FÜNF LÖCHER IM HIMMEL

Roman

PIPER

Mehr über unsere Autoren und Bücher:
www.piper.de

Von Rocko Schamoni liegen im Piper Verlag vor:
Tag der geschlossenen Tür
Fünf Löcher im Himmel

MIX
Papier aus verantwortungsvollen Quellen
FSC® C083411
FSC
www.fsc.org

Ungekürzte Taschenbuchausgabe
ISBN 978-3-492-30824-3
1. Auflage Januar 2016
3. Auflage März 2018

Umschlaggestaltung und -illustration: Nurten Zeren, zerendesign.com
Satz: Kösel Media GmbH, Krugzell
Gesetzt aus der Dante
Druck und Bindung: CPI books GmbH, Leck
Printed in the EU

Für Almut Klotz,
für Micha »Cäpt'N Suurbier« Wahler
und Joerg »Zappo« Zboralski

Paul öffnete eine Dose Bier und hob sie langsam zum Mund. Er trank einen großen Schluck und zündete sich dann eine Ernte 23 an. Es war ziemlich kalt draußen, und er hatte sich auf die Tüte mit der Decke gesetzt, damit sein Hintern auf der Bank nicht kalt wurde. Er beobachtete das Wohnhaus. Abwechselnd wanderten die linke Hand mit der Dose und die rechte Hand mit der Kippe zu seinem Mund. Der Rauch vermischte sich mit der kondensierenden Atemluft. Seine Füße froren trotz der schweren Knobelbecher.

Die Arbeiter räumten unterdessen die Wohnung aus. Zu viert trugen sie Stück für Stück auf die Straße, das meiste landete sofort im Container, einige Möbel stellten sie zur Seite. Kleidung, Papier, Fotos, Alltagsutensilien stopften sie in graue Plastiksäcke, die sie in ihren Bus schoben, um sie später zu sortieren.

Paul blickte über sich in den fahlen Nachthimmel der Großstadt. Ein paar Sterne waren zwischen den dunklen Wolken zu sehen, sonst nichts. Er schnippte die Kippe hinter sich ins Gebüsch. Sein Blick war leer, die grauen Haare wellten sich ungewaschen unter der Fellmütze hervor. Er zog die Kochhandschuhe gegen die Kälte wieder an, andere hatte er nicht. Die Arbeiter schmissen Teile des Betts in den Container. Ein verächtliches Lächeln huschte über Pauls Gesicht. »Maschinen ... nichts als Maschinen, ausführende, stumpfe Automaten ...«, flüsterte er. »Von nichts 'ne Ahnung, an nichts Interesse, kein Gefühl, kein gar nichts ... Maschinen ...« Er spuckte vor sich auf die Straße. Durch das Fenster sah er, wie einer der Arbeiter im Wohnzimmer Bilder abhängte und sie hinaustrug. Paul stand auf und näherte sich langsam dem Container. »Hey, Alter, verpiss dich, det is 'n Privatcontainer, nix anfassen, ja?«, schrie ihm ein Arbeiter zu. Paul griff nach einer halb zerbrochenen Zigarrenkiste, die aus dem Gerümpel hervorlugte, er öffnete sie und warf einen Blick auf die Fotos, die darin lagen. Er steckte die Kiste in seinen Seesack, dann griff er nach der schweren Wohnzimmerlampe, die zerbrochen in dem Container lag. Er löste die Metallkugel von ihrem Sockel und wog sie prüfend in den Händen. Er holte aus und schmiss sie mit weitem Schwung in die große Wohnzimmerscheibe, die splitternd und klirrend zerbarst. Die Arbeiter sprangen erschrocken zur Seite, es herrschte einige Sekunden Totenstille.

Als sie schließlich ans Fenster traten, war Paul schon weg.

Er zog seinen schweren Rollkoffer hinter sich her, den Seesack hatte er sich über die Schulter geworfen und die Tüte unter den Arm geklemmt. Um seinen groben Mantel hatte er einen Ledergürtel geschnürt. Langsam trottete er die Straße entlang, unbeirrbar, als hätte er ein festes Ziel im Blick. Ab und zu blieb er stehen, um die Hand am Koffergriff zu wechseln. Er bog in eine Seitengasse ein, lief sie hinunter, beobachtete schweigend die Häuser und Wohnungen, an denen er vorbeikam, die Kneipen und Läden und die überall geparkten Autos. Sein Gesichtsausdruck blieb regungslos. Straße für Straße lief er hinunter und Viertel für Viertel, manchmal setzte er sich für einen Moment auf eine Bank oder eine Mauer, rauchte eine Zigarette und starrte dabei in das Nichts zwischen den Sternen.

Schließlich, nach Stunden, erreichte er den Stadtrand. Die Häuser wurden flacher, es gab kaum noch Geschäfte und Kneipen, nur noch endlose Wohnsiedlungen, von kleinen Straßen und Wegen durchzogen, ab und zu einen Zeitungskiosk, die Außenhaut eines gigantischen Organismus.

Paul kam zu einer Schrebergartensiedlung. Die Nacht war halb vorüber, und es hatte zu nieseln begonnen, langsam zog die feuchte Kälte in seine Kleidung. Er fand eine Hütte, die verlassen aussah, die Parzelle war verwildert, die Gartenpforte hing schief in den Angeln. Vorsichtig betrat er das Grundstück, das von einer hohen Buchsbaumhecke umgeben war, und arbeitete sich zur Eingangstür der Hütte vor. Sie war verschlossen. Paul lehnte sich langsam, aber mit dem ganzen Gewicht seines Körpers dagegen und hielt den Griff gedrückt, irgendwann hörte er ein knackendes Geräusch, das morsche Holz des Türrahmens gab nach, und Paul trat ein. Er leuchtete mit dem Feuerzeug in den Raum. Vor ihm lag ein ziemlich verwahrlostes, kleines, aber komplett eingerichtetes Zimmer. Er schloss die Tür hinter sich und zündete die Kerze an, die auf einem Campingtisch in der Mitte des Raumes stand. Er setzte sich auf das Sofa dahinter und atmete tief durch. Eine Weile beobachtete er den Dunst, den seine Atemluft in der Kälte bildete, dann schlief er ein, und sein Kopf sank auf die Brust.

Ein Knurren weckte Paul. Er schlug die Augen auf. Ein paar Sonnenstrahlen schienen ihm durch das verstaubte Wohnzimmerfenster ins Gesicht. Es knurrte wieder, hell und unangenehm rasselnd. Langsam griff Paul nach dem Messer in seiner Manteltasche, er öffnete die Klinge mit dem Daumen und zog es vorsichtig heraus. Dann beugte er sich vor, um den Raum überblicken zu können. In der Ecke neben dem Kühlschrank hockte ein Tier, er konnte es im Schatten kaum erkennen, vielleicht ein Marder. Langsam erhob sich Paul und griff dabei mit der anderen Hand nach einem schweren gläsernen Aschenbecher vor ihm auf dem Tisch. Der Marder knurrte, bewegte seinen Kopf drohend vor und zurück. Je näher Paul kam, desto nervöser wurde das Tier, langsam hob er die Hand mit dem Aschenbecher, doch plötzlich brach der Marder fauchend aus der Ecke hervor, sprang blitzschnell an ihm hinauf, biss wütend in den Mantel und stürzte quiekend durch den Raum und unter das Sofa. Nervöses Geraschel war zu hören, dann herrschte für einige Sekunden absolute Ruhe. Vorsichtig hob Paul mit der linken Hand das Sofa an, in der anderen hielt er den Aschenbecher. Aber der Marder war verschwunden. Paul durchsuchte die Schränke nach etwas Essbarem, er fand ein paar alte Teebeutel und zwei abgelaufene Konservendosen mit Erbsensuppe, die er sich auf dem Herd aufwärmte. Er sah sich ein bisschen um, entdeckte eine elektrische Heizung und drehte sie auf.

Die Suppe aß er im Stehen. Danach kramte er die Zigarrenkiste aus seinem Seesack. Er setzte sich damit auf einen Stuhl ans Fenster, ließ die Fotos durch seine Finger gleiten und betrachtete sie mit ausdrucksloser Miene. Es waren vergilbte Bilder aus unterschiedlichen Zeiten und Situationen seines Lebens. Ein Gartenfest, Paul am Grill, betrunkene, lachende Männer um ihn herum. Paul mit einem Schäferhund am Hafen. Ein Haus am Waldrand, davor zwei Frauen in Regenmänteln, lachend. Paul mit einer Frau in Hochzeitskleidung. Er rauchend in einem Cabriolet mit einem Mädchen neben sich. Ein altes Passfoto, auf dem er sehr adrett und frisiert aussah. Ein altes schwarz-weißes Klassenfoto. Paul mit einem Glas Schnaps in der Hand an einen Baum gelehnt, wie er mit einer Pistole auf den Fotografen zielte. Er dachte einen Moment lang nach, dann legte er die Fotos zur Seite, wühlte in seinem Seesack und zog die Pistole hervor. Luger Parabellum. »Si vis pacem para bellum – wenn du den Frieden willst, bereite dich auf den Krieg vor«, murmelte Paul vor sich hin. Er öffnete das Magazin, die Pistole war mit fünf Patronen geladen. Er lehnte sich zurück an den Küchenschrank und zielte vor sich in den Raum. Dann hielt er die Pistole an seine Schläfe und schloss die Augen. Nach einer Weile lachte er trocken und ließ die Pistole sinken. Er betrachtete ein altes Klassenfoto und entdeckte sich stehend in der letzten Reihe mit merkwürdigem Blick, starr in die Kamera stierend. Was hatte das Leben aus all den anderen gemacht? An die meisten Namen konnte er sich nicht erinnern. Mit einem Kugelschreiber malte er denjenigen, von denen er nicht wusste, was aus ihnen geworden war, ein Fragezeichen ins Gesicht. Alle, von denen er wusste, dass sie bereits gestorben waren markierte er mit einem Kreuz. Es blieben nicht viele übrig. Zwei Jungen neben ihm, seine damaligen besten Freunde, zu denen er aber seit Jahren keinen Kontakt mehr hatte. Halb verdeckt hinter einem dicken Jungen, ganz links außen, stand ein Mädchen, auf das er erst jetzt aufmerksam wurde, sie hatte den Blick gesenkt, legte augenscheinlich keinen Wert darauf, im Bild zu sein. Katharina Himmelfahrt. Aus dem Nichts erschien dieser Name in seinem Kopf, ploppte auf wie eine Luftblase an der Oberfläche eines Sees, dieser Name, den er seit unendlich vielen Jahren nicht mehr ausgesprochen hatte. Katharina Himmelfahrt. Etwas Beschwingtes durchströmte ihn, wenn er sich ihr Gesicht vorstellte, alte, lang verschüttete, positiv belegte Synapsenverbindungen wurden reaktiviert. Er erinnerte sich an die Aufregung, die er in sich verspürt hatte, wenn er damals mit ihr zusammen gewesen war. Nur in diesem einen langen Sommer, bevor er die Schule verlassen hatte.

Unter den Fotos in der Zigarrenkiste lag auch ein schwarzes Schulheft, auf dessen Etikett ein großes Fragezeichen gemalt war. Paul schlug es auf und las die krakelige Schülerschrift.

Dieses Heft ist privat!
Was darin steht, geht niemanden etwas an!
Wer auch immer es lesen sollte, wird dafür bestraft werden. Hier lagern die Aufzeichnungen eines Unbekannten. Falls sie jemand finden sollte, wird er gebeten, dieses Heft zu verbrennen!
Erst wenn ich tot bin, darf dieses Heft gelesen werden von der Nachwelt. Damit ich nicht vergessen werde.

P. Z.
1966

Ich heiße Paul.
Ich bin siebzehn.
Ich bin ziemlich dünn und groß und habe dunkelbraune lange Haare mit Locken.
Na ja, was heißt lang, länger als die der meisten anderen. Mittellang.
Ich bin schüchtern, glaub ich.
Ich interessiere mich für Beat, für Kunst und für Mädchen. Auch für Politik natürlich.
Ich höre gern Zombies, Kinks, auch Stones. Ich steh auf Mopeds und Sportwagen. Hab aber keinen Führerschein. Schule find ich ekelhaft. Will mich nicht verstopfen lassen.
Meistens langweile ich mich.
Manchmal fühl ich Angst.
Manchmal Wut.
Oft Traurigkeit.
Das bin ich.
Klingt nicht so spannend.
Warum auch? Bin nichts Besonderes.

6. 4. 1966

Seit einem halben Jahr verändert sich nichts. Die Tage sind ewig gleich. Schule maximal trist. Wie wenig mich das interessiert. Wozu soll ich das alles lernen und behalten, ich brauch es doch nie wieder in meinem Leben, das weiß ich jetzt schon. Ich brauche etwas anderes, aber ich weiß nicht genau, was. Ich suche, aber ich weiß nicht, wonach. Ich möchte mich entscheiden, aber ich weiß nicht, wofür. Ich muss anders werden als der Alte. Ich will auf keinen Fall das werden, was andere sich für mich ausdenken oder erhoffen. Weil dann wäre ich ja nur das Resultat von fremden Wünschen. Ich will etwas ganz Neues werden. Etwas, das noch nie da gewesen ist. Das ist mein Traum. Daran werde ich arbeiten. Nur was kann das sein?

7.4.1966
Haben heute neues Mädchen in die Klasse bekommen. Komische Person. Sitzt in der letzten Reihe und sagt kein Wort. Sieht auch nicht besonders gut aus. Trägt keine guten Klamotten und schminkt sich nicht. Wenn man nicht hinschaut, ist es so, als wenn sie gar nicht da wäre. Vielleicht ist sie ein Geist. Würde zum Namen passen: Katharina Himmelfahrt. Ich vermute, dass sie eine Spießerin ist. Wir werden sehen. Eine weitere Nichtgestalt in einer Klasse voller Nichtgestalten. Inklusive mir selbst.

10.4.1966
Bergmann hat mich auf dem Kieker, ich glaube, er will mich nicht in seiner Klasse, ich passe ihm nicht, egal, was ich anstelle – immer schlechte Zensuren, immer Einträge ins Klassenbuch.
Ich würde am liebsten aufhören, aber was dann?

Vielleicht sollte ich für immer abhauen! Geld klauen und abhauen!
Björn Z. schreibt in allen Fächern Einsen. Und ist auch noch gut in Sport. Wie geht das? Er ist eine Maschine. Sie alle sind Maschinen – um mich zu testen?
Die Neue kriegt gute Zensuren, auch im Sport ist sie gut, springt besser als die meisten Jungs! Aber keiner mag sie, weil sie nie redet. Sie ist immer alleine. Das finde ich an ihr ganz gut – dass sie keinen Schwachsinn redet, anders als die meisten Mädchen. Ich finde auch gut, dass sie sich nicht schminkt, ich hasse dieses Schminken, das ist doch alles verlogen, diese ganzen bescheuerten Rollenspiele. Das ist alles Maskerade! Und dieses ganze Wer-mit-wem-Zusammen und so, vollkommen albern. Ich hoffe, dass ich immer allein bleiben kann, einsam und unverstanden.
Die meisten anderen verhalten sich alle genau gleich, und sie wollen auch das Gleiche! Sie wollen einen Beruf, Familie, Geld, Karriere und dann Rente. Und einen schönen Grabstein. Ich nicht! Ich möchte etwas machen, was noch keiner gemacht hat. Aber was? In welchem Bereich? Musik? Kunst? Entdeckungen? Erfindungen?
Alle Berge sind bestiegen, alle Meere sind durchschwommen, alle Lieder sind gesungen, alle Schlachten sind geschlagen. Hab ich irgendwo gelesen. Gibt es noch etwas zu entdecken in dieser Welt? Und wer werde ich sein, wenn ich endlich weiß, wer ich bin?
Ich bin so gespannt auf das Ergebnis!

15. 4. 1966

Bin heute mit Benno W. zum Theaterkurs von Frau Zucker gegangen. Benno wollte erst nicht mit, er findet Theater irgendwie schwach, aber dann hab ich ihn überredet. Allein wegen Frau Zucker, sie sieht zum Ablecken aus! Sie hat so einen schicken Pony, und man kann im Gegenlicht vor dem Fenster durch ihre Bluse gucken. Benno fand den Kurs auf einmal auch richtig gut. Sie hat uns die ganze Geschichte des Theaters erzählt, von Griechenland an, ich fand's interessant, aber vor allem wegen ihr. Auf die Geschichten konnte ich mich eher schlecht konzentrieren. Benno hat mir immer ins Bein geboxt, er war ganz rot im Gesicht.

Dann wollte Frau Zucker mit uns ein Stück einproben: »Die Leiden des jungen Werther« von Goethe. Sie sagte, es wäre die tollste Erzählung über jugendliche Liebe, über Eifersucht und Selbstmord. Und als das Buch damals rauskam, hätten sich nach dem Lesen viele junge Menschen umgebracht. Aber wir sollten das bitte nicht so machen. Und man könnte an dem Stück erkennen, warum Selbstmord keine Lösung wäre.

Sie hat uns dann die ganze Geschichte erzählt. Dass der Hauptdarsteller Werther sich bei einer Landfahrt in das Mädchen Lotte verliebt, das mit ihm in der Kutsche fährt. Dass sie sich sehr nahekommen. Dass er dann hört, dass sie eigentlich schon verlobt ist

mit einem Edelmann namens Albert. Und dass diese Dreierverbindung schließlich in eine Katastrophe führt, weil Lotte sich aus Anstandsgründen für Albert entscheidet und Werther so eifersüchtig ist, dass er sich am Ende umbringt. Eine krasse Geschichte.
Und dann wollte Frau Zucker gerne wissen, wer welche Rolle spielen möchte. Und auf einmal meldet sich Katharina Himmelfahrt für die weibliche Hauptrolle der Lotte! Benno war auch ganz erstaunt. Wieso meint gerade die, dass sie schauspielern könnte, die kann ja noch nicht mal reden. Ein Typ namens Franz Keil hat die Rolle von Werther übernommen, der ist schon älter und kennt sich angeblich mit Theater aus. Ich mag ihn irgendwie nicht, er tut so groß. Aber er sieht cool aus, das muss ich zugeben. Ein bisschen wie Alain Delon, bloß in Blond, mit ganz akkurat kurz geschnittenem Haar und immer in perfektem Anzug und so. Der trägt sogar in der Schule Schlips. Die meisten Mädchen fahren ziemlich auf ihn ab. Er hat auch schon ein Auto, einen schwarzen Opel Kadett B. Und man sieht ihn immer nur alleine.
Ich hab mich für die kleine Rolle beworben, die von Lottes Mann Albert. Einfach so. Da hab ich erstens nicht viel zu sagen, und zweitens hab ich mit Frau Zucker zu tun. Es gab noch einige andere Rollen, aber Benno, der Idiot, wollte nicht. Selbst schuld. Frau Zucker hat mich angelächelt. Das war wie Licht. Ich würde trotzdem nie etwas von ihr wollen. Man

muss den Trieben widerstehen, um anders zu werden!
Aber am Ende stand sie wieder vor dem Fenster, und ich habe kaum noch Luft gekriegt, und Benno hatte Tränen in den Augen.

16. 4. 1966 – abends
Ich bin nichts wert. Ich bin nichts. Ich hab nichts.
Ich kann nichts.
Ich wohne in einem dreckigen alten Haus am Ende einer Einfamilienhaussiedlung. Meine Mutter ist weg. Ins Ausland gezogen. Nach Spanien. Mit einem fremden Mann. Ich hab ihn noch nie gesehen.
Will ich auch nicht.
Mein Vater säuft Apfelwein.
Ich hab nichts zu erwarten.
Ich denke immer wieder daran, mich umzubringen, dann würden alle schon sehen, wie es wäre, wenn ich weg wäre.
Aber vielleicht würden sie es auch gar nicht bemerken, weil ihnen ja sowieso alles egal ist. Der Gesellschaft ist alles egal, das merkt man ja ständig!
Ob einer lebt oder stirbt – wen interessiert das schon?
Also mach ich es erst mal nicht.
Aber wenn, dann werde ich mir den besten Moment und Ort dafür aussuchen. Zum Beispiel auf dem größten Platz von Berlin. Damit das alle sehen.
Zuerst würde ich dastehen und sagen: Okay Leute,

ich spiel euch jetzt mal einen neuen Song vor, und alle würden sich um mich drängen, und dann würde ich einen tollen Song spielen, und alle wären ganz berührt, und auf dem Höhepunkt würde ich in eine schwarze Schachtel greifen, die ich mir vorher hingestellt hätte, und alle würden denken, was kommt denn jetzt für ein Showtrick? Und in der Kiste wäre eine goldene Pistole, ich würde sie an den Kopf setzen, und alle würden lachen, weil sie denken würden, das is 'n Showtrick. Aber ich würde abdrücken und tot zusammenbrechen. Und dann würden alle endlich erkennen, wie unaufmerksam sie waren und dass sie überhaupt nicht bemerkt haben, wie es mir geht und wie weit ich schon bin. Nur, dann wäre es zu spät! Ich denke, ich mach es erst mal nicht. Ich gebe der Welt noch eine Chance.

18. 4. 1966

Heute war die erste echte Probe. Erst haben wir alle an einem Tisch gesessen und unsere Texte vorgelesen. Frau Zucker hatte eine Wollweste an, das war gut so, weil man nicht richtig was erkennen konnte. Dann haben wir uns in den Raum gestellt und versucht zu spielen. Und es passierte etwas mit Katharina, was ich echt nicht verstanden habe: Sie hat gut gespielt! Das war echt sonderbar, als wenn sie einen Schalter umgelegt hätte, auf einmal war sie eine andere, ich hab sie gar nicht wiedererkannt, ganz anders. Sie hat

gelacht und mit den Augen geblitzt, und ich dachte – die sieht ja doch nicht so langweilig aus, eigentlich gar nicht. Und sie hat toll gesprochen, ganz leise, aber trotzdem hat einen das berührt. Keil hat auch gut gespielt, es hat super funktioniert bei beiden. Sie haben die Kutschfahrt probiert, wo sich Lotte und Werther kennenlernen. Frau Zucker hat die Kutsche zu einem Auto gemacht, das heißt, dass die Geschichte heute spielt. Ich dachte, so was darf man nicht, aber im Gegenteil, so was macht man unbedingt im modernen Theater, sagt sie.
Auf jeden Fall haben die beiden im Auto (wir haben einfach nur zwei Stühle nebeneinandergestellt) improvisiert, das heißt, dass die frei gesprochen haben. Das war echt gut. Sie haben einfach so getan, als wenn sie sich grade kennenlernten. Und irgendwie haben wir anderen es ihnen voll geglaubt, so echt war das.
Ich sollte dann auch improvisieren.
Aber dadurch, dass das bei den anderen so gut geklappt hatte, konnte ich dann auf einmal gar nicht mehr. Die Worte sind mir stecken geblieben, als ich dran war, ich hab eine Art Starre bekommen, es war extrem peinlich, alle haben's mitbekommen, Benno hat bloß noch weggeguckt. Nur Frau Zucker war okay zu mir und hat mir Mut gemacht. Sie hat mir sogar die Hand auf die Schulter gelegt, das war schön.

Wenn ich mich jetzt konzentriere, spüre ich ihre Hand immer noch.
Ich hab Katharina nach der Probe gefragt, wie sie das gemacht hat. Sie meinte, sie hätte sich in Lotte hineinversetzt. Hab keine Ahnung, wie das gehen soll. Sie meinte, ich soll meine Rolle lesen und mich dann so fühlen wie Albert. Keine Ahnung, wie das gehen soll. Und die Katharina, die das zu mir sagte, war wieder die alte Katharina. Ganz schüchtern und unsicher. Wie ausgewechselt. Sehr, sehr sonderbar.

Paul blickte das Klassenfoto noch einmal an. Der kleine Raum war inzwischen warm geworden. Er zog seinen Mantel aus und legte die Mütze ab. Dann betrachtete er sein Gesicht im Spiegel. Alt. Graue, lange, ungepflegte Haare, Schlupflider, Falten in den Augenwinkeln, großporige Haut, überall Bartstoppeln. Das ganze Gesicht irgendwie wie ein verwildertes Beet. Er strich sich mit der Hand über die Stirn und die Wange, das Geräusch dabei klang rau. Er versuchte sich anzulächeln, es gelang ihm nicht.

Am Nachmittag hörte er ein Geräusch aus dem Garten. Er sprang auf und lehnte sich an die Wand neben dem Fenster. Vorsichtig blickte er durch das dreckige Glas. Im Garten stand eine junge Frau und durchwühlte ihre Taschen. Paul zog die Pistole hervor und lud sie so leise wie möglich durch. Die Frau fand nicht, wonach sie suchte, und machte einen Schritt auf die Tür zu. Paul rührte sich nicht. Sie konnte ihn von außen offenbar nicht sehen, denn sie blickte zwar in seine Richtung, aber ohne eine Reaktion zu zeigen. Er schob den Kopf langsam vors Fenster, der Lauf seiner Pistole zeigte auf ihr Gesicht. Gedankenverloren blickte sie ihn an, sie dachte nach, drehte sich dann nach rechts, ging einige Schritte und hob einen Eimer mit Gartenutensilien auf. Paul atmete flach. Sie verließ in ruhigem Schritt das Grundstück und zog die Gartenpforte wieder hinter sich zu. Für einen Moment blieb sie noch einmal stehen und blickte nachdenklich auf die Pforte. Dann verschwand sie.

Paul holte tief Luft und sackte in sich zusammen. Er steckte die Pistole wieder in die Hosentasche und wischte sich einige Schweißperlen von der Stirn. Dann drehte er die Heizung runter.

Am zweiten Tag hatte er alle Vorräte aufgebraucht, auch das Wasser, das er in der Hütte gefunden hatte, ging zur Neige. In der folgenden Nacht schlich er durch die Schrebergärten. Es war ein sternklarer Himmel, und der Mond gab genug Licht, um den Weg erkennen zu können. Paul ging bis zum anderen Ende der Siedlung und begann die Hütten dort zu inspizieren. Die meisten sahen bewohnt aus, die Grundstücke waren gepflegt, häufig waren die Gartentüren verschlossen, in einigen Lauben brannte sogar Licht. Paul kam zu einer großen Hütte, die, etwas verwildert und hoch eingewachsen, zwischen den anderen lag. Er stieg über die Pforte und betrat vorsichtig das Grundstück. Er schaute durch die Fenster, konnte aber nichts erkennen. Als er die Hütte umrundete, entdeckte er eine Hintertür. Sie war offen. Paul glitt leise hinein. Er wartete, bis sich seine Augen an das Dunkel gewöhnt hatten, das spärliche Licht einer Straßenlaterne reichte ihm aus, um sich zu orientieren. Im Küchenschrank fand er Lebensmittel, die er in seinen Seesack stopfte, ein paar Kerzen, eine Schere, ein kleines Radio und einige Batterien. Schließlich entdeckte er hinter dem Esstisch einen großen braunen Haufen. Er bückte sich und sah, dass dort ein riesiger Irischer Wolfshund lag. Der Hund hob langsam den Kopf und blickte Paul ruhig an. Paul wagte nicht, sich zu bewegen. Der Hund legte seinen Kopf wieder auf den Boden und schloss die Augen. Paul hob seinen Fuß, Flüssigkeit tropfte von seinem Stiefel. Blut. Erschreckt schaute er sich in der Dunkelheit um, aber es war niemand zu sehen. Dann verließ er die Hütte wieder durch die Hintertür. Als er sich noch einmal umdrehte, bemerkte er seine Fußspuren dunkel auf dem Boden. Er wischte die Schuhe im Gras ab und ging über Umwege zurück zu seinem Versteck. Ratlos ließ er sich dort nieder, um zu rekapitulieren, was er gesehen hatte, aber er fand keine Erklärung dafür. Klar war ihm nur, dass er seine Fußspuren hinterlassen hatte. Und dass man ihn für denjenigen halten würde, der den

Hund abgestochen hatte. Er packte seine Sachen zusammen und verließ eilig die Schrebergartensiedlung.

Ziellos wanderte er durch die Nacht, wieder hinein in die Stadt. Während er so dahinschritt, dachte er darüber nach, wohin er gehen könnte. Schließlich setzte er sich wegen des einsetzenden Regens in eine Bushaltestelle an einer großen Kreuzung. Er musste sich eingestehen, dass es niemanden gab, den er hätte aufsuchen können, keinen einzigen Menschen, der ihm geblieben war. Er hatte keine Kinder, keine Verwandten, die ihm nah genug standen. Solange er die Wohnung gehabt hatte, war ihm seine selbst gewählte Einsamkeit nicht unangenehm gewesen, jetzt aber fühlte er sich dem Schicksal schutzlos ausgeliefert.

Der Regen wurde immer stärker und fegte durch die daumenbreiten Ritzen der Plexiglaswände, und während sich Paul über die Unsinnigkeit einer derartigen Konstruktion wunderte, schloss er den Mantelkragen eng um seinen Hals. Der Frühverkehr hatte eingesetzt, und eine unendliche Zahl von Berufstätigen zog in ihren blechernen Kammern an ihm vorüber, jeder ein kleines elendes Licht auf dem Weg zu seiner kleinen elenden Betätigung, die ihm ein kleines elendes Leben ermöglichte. Dachte sich Paul. Auf dem Weg zu Versicherungen, Agenturen, Archiven, Werkstätten, Küchen, Lagern, Garagen – auf dem Weg zu Räumen und Betätigungen, die ihren Leben einen vermeintlichen Sinn zu geben versprachen und in Wahrheit nur für Brot und das sogenannte Dach über dem Kopf sorgten. Hauptsache sauber und warm.

Die Blechkammern hielten an der Ampel neben der Bushaltestelle, und Paul konnte den Fahrern in die Gesichter schauen. Und sie in seines. Dem in ihren Augen untersten und traurigsten Lichtlein hier. Kurz blieben ihre Blicke an seiner Gestalt hängen, sie musterten seinen Aufzug, trafen dann seinen Blick, um verschämt wegzuschauen, weil sie sich dabei erwischt fühlten, wie sie ihn in seinem Elend begafften. »Maschinen«, murmelte Paul vor sich hin. »Alles nur Maschinen. Ich will nicht in euren Autos sitzen. Ich will nicht in euren Büros arbeiten. Ich will nicht in euren Familien leben.« Wenn ihn ein Blick traf, fing er an, Grimassen zu schneiden. Er ließ sich Spucke aus dem Mund laufen und verdrehte die Augen. Umso verschämter wandten sich die Blicke ab. Irgendwann hielt ein Bus an der Haltestelle, Paul stieg hinten ein und fuhr davon.

Am Abend zog er seinen Koffer durch St. Pauli. Die Reeperbahn war trotz des schlechten Wetters voller Touristen, die in Trauben vor Sexetablissements herumstanden, um sich aufladen zu lassen mit Bildern und Phantasien für das eigene Schlafzimmer. Betrunkene Männergruppen machten sich bereit für ihren Traum von einer unbestraften körperlichen Begegnung, kiloweise Geld im Austausch gegen literweise Sperma, Milliarden von ungeborenen Kindern, vergossen im klebrigen Rinnstein. In einer Seitengasse kam Paul einer Jungsgang in die Quere, fünf halbwüchsigen Türken, er wich mit seinem Koffer nicht schnell genug aus, der kleinste der Jungen baute sich vor Paul auf und steckte die Hände in die Taschen seiner Bomberjacke. »Yo, Opa, was geht ab, du Scheißfotze?« Paul zog seinen Koffer mit gesenktem Kopf aus dem Weg und ging weiter, die Jungs blieben unschlüssig stehen, bemerkten aber schließlich, dass sie in ihm weder Gegner noch Opfer genug finden würden, und ließen ihn ziehen. »Merk dir das, du Fotze, hey ... Du Fotze!«, schrie ihm der Kleine noch hinterher. Paul umschloss in der Tasche seine Waffe. Er könnte sich umdrehen und dem Kleinen in die Beine schießen, am besten in die Knie. Ihn nicht töten, aber ihn zur Rechenschaft ziehen. Oder ihn zwingen, sich hinzuknien und sich bei ihm zu entschuldigen. Er verlangsamte seinen Schritt, die Wut kroch ihm in den Magen und in die Schläfen, schließlich blieb er stehen. Als er sich umdrehte, war die Gang verschwunden.

Weiter weg von der Reeperbahn wurde es in den Straßen ruhiger, ab und zu ein paar Dealer, eine Gruppe Fußballfans, zwei schweigsame Polizisten. Am Ende einer Sackgasse am Hafen leuchtete in der Kehre das Licht einer Kneipe. »Bei Pocke« stand auf dem Leuchtschild über der Tür. Als Paul näher kam, sah er, dass hinter der Scheibe Girlanden hingen, auf einer Papptafel stand groß und in kindlicher Schrift

»Auf Wiedersehen – und danke für die Jahre«. Paul trat ein. Der kleine Raum war gefüllt mit zumeist älteren Männern, Rauch stand fingerdick in der Luft. Am Tresen hingen drei Trinker, die auf den Wirt einredeten. Der Wirt selber wirkte ruhig, blickte nur selten auf, spülte ein paar Biergläser und nahm zwischendurch einen Zug von einer feuchten Zigarette, die er auf den – an dieser Stelle angebrannten – Tresen gelegt hatte. Er hatte seine Haare hoch- und nach hinten toupiert, schmückte sein Gesicht mit einem fein ziselierten Schnauzer und war ansonsten genauso dick wie seine drei Gesprächspartner. Musik drang aus einer alten Jukebox. »... mit mir hätt's längst ein böses End genommen, aber der Novak lässt mich nicht verkommen ...« Paul stellte sich neben die drei Trinker und wartete geduldig auf die Aufmerksamkeit des Wirts.

»Dann bleiben wir alle zu Hause, du, Pocke, dann bleiben wir einfach zu Hause, und du machst bei uns weiter!« Der erste Trinker rammte seinem Nebenmann den Ellenbogen in die Seite.

»Genau, Pocke, dann kommst du bei uns und machst da den Tresen im Wohnzimmer auf, hahaha, direkt neben dem Fernseher, denn brauchen wir gar nicht mehr aufstehen, hahaha!« Der Zweite wieherte über seinen gelungenen Witz.

Der Dritte stand mit bleichem Gesichtsausdruck im Hintergrund. Der Wirt stellte ihm einen Doppelkorn hin, und mit zitternder Hand versuchte der Trinker das Glas zum Mund zu führen, was ihm nicht gelang, ohne das meiste zu verschütten.

»Schal!«, rief einer.

»Genau, Waller, Schahaal!«, johlte noch einer auf.

Walter besann sich seines Schales, legte ihn doppelt gefaltet um seinen Hals, steckte die rechte Hand durch die Schlinge und griff so das Schnapsglas. Dann zog er vorsichtig mit der linken Hand am Schal, und langsam, aber sicher gelangte das Getränk über diesen Flaschenzug an sein Ziel, den Mund von Walter. Grölender Applaus von Trinker eins und zwei. Pocke, der Wirt, der diesen Trick augenscheinlich täglich zu sehen bekam, hob kaum den Blick, sondern ließ es wie etwas ewig Wiederkehrendes an sich vorüberziehen. Er stellte Walter noch einen Doppelten hin, und das Prozedere begann von vorne, wobei dem Trinkenden mit dem Alkohol langsam die Farbe ins Gesicht zurückfloss. Schließlich wandte sich Pocke Paul zu. Er blickte ihn an und hob leicht die Augenbrauen.

»Is alles umsonst heute, ich mach zu, muss alles weg, kannst bestellen, was du willst.«

»Na, denn nehm ich 'n Rumgrog, wenn ich darf.«

»Wie du das gerne möchtest, mein Lieber.« Pocke blickte Paul nicht an, sondern sah irgendwo in den Raum.

Paul trank seinen Rumgrog und rauchte eine Filterlose. Er genoss es, unter Menschen zu sein. Er genoss all die flirrenden, sinnlosen Gespräche aus den rauen Hälsen um ihn herum, die verbrauchte Luft, die zerkratzten alten Schlager aus der Jukebox, den Geschmack des billigen Rums. Katharina Himmelfahrt. Was sie jetzt wohl machte? Ob sie überhaupt noch lebte? Er zog das Tagebuch aus seiner Manteltasche und schlug es auf.

7.5.1966
Gehe zu jeder Theaterprobe. Frau Zucker sieht von Mal zu Mal besser aus. Manchmal hab ich das Gefühl, dass sie mich richtig mag. Gestern hat sie mich so komisch angeblickt, als wenn sie in mich sehen könnte, ich hatte einen Schweißausbruch. Vielleicht kann sie tatsächlich in mich sehen, ich hoffe sehr, dass sie es nicht kann. Wegen all der irren Bilder da drinnen. Sie darf die Bilder von ihr, die ich in mir habe, niemals sehen. Ich habe lauter Bilder von ihr in mir, so wie ich sie mir vorstelle …

12.5.1966
Katharina spielt immer besser. Seit gestern trägt sie beim Proben Kostüme, das macht den Effekt noch stärker, ich kann sie gar nicht mehr als Katharina erkennen, ich sehe eine vollkommen andere Person. Wie sie geht und spricht und blickt, alles wie ausgewechselt, sie sieht so lebenslustig aus als Lotte. Ich verstehe

nicht, woher sie die Vision nimmt. Wenn wir wieder zurück in der Schule sind und in der Klasse sitzen, ist sie plötzlich wieder die alte Katharina, blass und still und unauffällig. Und dann interessiert sie mich auch nicht mehr so.

Können zwei Seelen in einer Person wohnen? Vielleicht ist sie schizophren? Ich habe häufig das Gefühl, dass verschiedene Personen in mir wohnen und um die Vorherrschaft über mich kämpfen, aber ich kann sie nicht rauslassen. Weil man mich dann für verrückt halten würde.

Was würde passieren, wenn ich diese Personen freilassen würde? Ich glaube, das wäre nicht gut.

20. 5. 1966

Ich mag Franz Keil nicht. Er ist arrogant und selbstverliebt. Habe gehört, dass er der Sohn von einem Bautypen sein soll, also so einem Bauunternehmer. Der soll richtig reich sein. Seine Mutter ist schon tot, Benno hat gesagt, dass die sich umgebracht hat. Is ja wohl klar, wenn die so einen Sklaventreiber als Mann hatte, ich kann mir das richtig vorstellen, wie der die fertiggemacht hat.

Aber ich muss zugeben, dass Keil spielen kann und dass er gut aussieht. Trotzdem mag ich ihn nicht. Ich begreife nicht, wieso Katharina sich mit ihm versteht. Oder versteht sich nur Lotte mit Werther? Vielleicht ist das alles nur gespielt?

Nach den Proben ist sie immer sofort weg, alle anderen bleiben und reden, über die Proben und alles, aber sie fährt nach Hause. Das ist irgendwie auch gestört.
Sie kann gar keinen normalen Kontakt zu Menschen haben, sondern nur in ihrer Rolle als Lotte. Als Mensch ist sie vollkommen für sich.

21. 5. 1966
Inzwischen reden alle über sie. Gestern hat jemand erzählt, dass sie die Erbin des Quelle-Gründers ist und allein in einer Riesenvilla wohnt. Ich glaube das nicht. Ich habe sie vor der Schule drauf angesprochen, und sie hat schüchtern gelacht und mich dann gefragt, ob ich mitkommen will.
Wir sind mit dem Rad durch die Stadt gefahren, haben nicht gesprochen, sie sah gut aus von hinten, mit ihrem wehenden Rock und dem kräftigen Rücken und der schmalen Taille, wie sich das alles bewegt hat, ich hätte ewig so hinter ihr herfahren können.
In 'ner tristen Seitenstraße hat sie angehalten.
Also von wegen Villa und so: Sie wohnt mit ihrer Mutter in 'ner kleinen Sozialwohnung. Die Mutter sieht eher aus wie ihre Oma, mit grauen Haaren und langem Kleid und so. Reden konnten wir kaum, weil die Mutter die ganze Zeit beim Essen gequatscht hat, wir haben nur geschwiegen und uns ab und zu kurz angelächelt. Ich fand's trotzdem schön, mit ihr zusammen zu sein, sie war auch nicht ganz so schüchtern wie sonst. Am

Ende ist die Mutter rausgegangen, und Katharina hat mir angeboten, dass sie mit mir meine Texte übt und dass sie mit mir probt! Das wäre das Beste. Auch weil sie dann wieder Lotte wäre.
Ich steh auf Lotte.
Nicht so auf Katharina.
Aber Lotte ist toll, sie sieht so hübsch aus, und wie sie ihr Gesicht bewegt, das berührt mich, ich weiß nicht, warum.
Ich glaube, ich habe mich in Lotte verliebt.
Wenn Katharina ganz zu Lotte werden würde, das wäre für alle das Beste. Dann würde ich ganz zu Albert werden. Dann müsste nur noch Keil etwas passieren. Dann hätte ich sie für mich.

Paul erwachte aus seinen Gedanken, weil Walter, der Flaschenzugtrinker, gegen ihn kippte und ihm dabei ein halbes Bier über die Hose goss.

»Oh, Schulligung, das tut mir leid, Schulligung, mein Freund, Waller enschulligt sich, krist du neu, Pocke, mach meinem Freund ma 'n neues Bier!«

Paul hatte zwar kein Bier gehabt, ließ sich die Offerte aber gefallen und wischte mit einem Tresenhandtuch die Hose ab.

Pocke blickte Walter genervt an. »So, Walter will jetzt bald nach Hause, gell, Walter, Walter hat mal wieder genug gehabt, gell?«

»Ihr sollt mich nicht lustig machen über euch!«, gurgelte Walter und fiel mit den Armen rudernd nach hinten vom Barhocker, wobei er krachend auf dem Tisch einer Skatrunde landete. Einer der Spieler, mit Bier und Schnaps begossen, ließ sofort seine Faust in Walters müdes Gesicht fallen, es knackte vernehmlich, und Walter stöhnte laut auf. Das Blut lief ihm am Gesicht herab, das Geschrei um ihn herum war groß, man war erregt und genervt, Walter aber stand auf, wischte sich mit seinem Schal durch die Visage, blickte finster in die Runde und sagte mit bleierner Stimme: »Ihr Hunde. Ihr kennt Waller nich'. Denkt an Waller. Ihr lernt Waller noch kennen!« Mit diesen Worten stürzte er aus der Tür. Für eine Sekunde schwiegen alle, nur die Jukebox dudelte stur weiter, alle Gäste verharrten wie in kurzem Angedenken an einen Verstorbenen. War es Walters Drohung oder das Bewusstwerden, dass man so nie wieder zusammenkommen würde, dass dieser Ort verschwinden würde und diese Runde für alle Zeiten gesprengt?

Mitten in die Stille hinein schnitt auf einmal Pockes Stimme: »Lokalrunde! Auf den großen Walter! Freunde, trinkt, solange die Quelle noch sprudelt! Heute Nacht fahren wir eure Lebern über den Jordan!«

Und als hätte jemand eine große Bremse gelöst, setzte sich das gesamte Bild wieder in Bewegung.

»Warum schließt du eigentlich?«, fragte Paul den

Wirt irgendwann. Der hatte sich mittlerweile entschlossen, mitzuhelfen beim Niedertrinken der eigenen Vorräte, und legte langsam seine kühle Zurückhaltung ab.

»Na ja, weißt du, die Zeiten werden nicht besser. Ich war mal Koch, früher, im Hotel Atlantic, ich – Siegfried Pocke, stellvertretender Chefkoch, das waren die großen Zeiten –, ich hab für Weltstars gekocht, Frank Elstner, Gustav Knuth, Marianne Koch, Henri Nannen und so, ich hatte 'n Haus auf Sylt und eins in Schweden, Topfrauen, Autos, alles vom Feinsten, aber wie das Leben so spielt, Job verloren, Geld weg, Häuser weg, Frauen weg, na ja, Standard. Jetzt will der Vermieter mehr Geld für die Kneipe, und wegen dem Scheißrauchergesetz darf ich nix mehr kochen für die Herren hier, das war meine halbe Miete, die haben immer bei mir gegessen, is jetzt alles vorbei. Und die da alle, die bleiben ab jetzt zu Hause und trinken sich zu Tode! Wo sollen die sonst hin? Die gehen doch nirgendwo sonst mehr hin. Weißt du, dieses Land ist zerbrochen, es will seine Schwachen nicht mehr.«

Paul blickte in die Runde und wusste, dass Pocke recht hatte. All die hier hatten alleine keine Zukunft, sie machten nur zusammen einen Sinn, zusammen am Tropf einer gemeinsamen Sucht, die ihr Leben war. Aber alleine zu Hause, mit der Schnapsflasche und dem Rauch und dem Fernseher, das war das Ende.

»Heute wollen sie keine Schwachen und Kranken

mehr, nur noch Funktionierer, alle anderen wollen sie am liebsten verbieten oder wegsperren, weißt, wo ich mein?«

Pocke drehte sich zwischendurch immer wieder um und kämmte sich im Spiegel des Tresens die Haare nach oben, als würde sein großer Augenblick noch kommen, als würden die Ladys gleich den Saal betreten, nur um ihn zu sehen. Er hatte etwas abstoßend Schmieriges an sich, etwas unangenehm Versautes, aber er gefiel Paul in seinem Stolz.

»Wie heißt du eigentlich?«

»Paul.«

»Paul, hau rein, schön, dich kennenzulernen, heute ist die letzte große Nacht, ich will, dass keiner sich morgen an irgendetwas erinnern kann, diese Nacht soll so groß werden, dass sie hinterher vollkommen gelöscht ist aus allen Gehirnen! Bist du dabei?«

»Wenn du das möchtest, Pocke, dann soll das so geschehen.«

Sie tranken die besten Schnäpse, die Pocke noch zu bieten hatte, und dabei ging um sie herum die Welt langsam unter, versank in einem Morast aus altem Fleisch, Körperdämpfen, verirrten Botenstoffen, muffigem Frikadellengeruch, Alkohol und Nikotin, Zerrüttung und Hoffnung, Urinresten in Unterhosen, zerstörten Worten und zerfließenden Gedanken. Die große, letzte Nacht. Die große Nacht im Eimer.

Und dann sah Paul Katharina auf sich zukommen, durch einen flirrenden Nebel aus kleinsten Teilchen, in der roten Dunkelheit, verschwommen, blind, geraden Schrittes, langsam, mit leicht nach hinten wehendem Haar, ruhig und aufrecht. Und je länger sie ging, desto eindeutiger wurde das Bild, und desto älter wurde ihr Gesicht, gleichzeitig aber gewann es an Ausdruck und Klarheit. Und je näher sie ihm kam, desto größer wurde der Schmerz, in ihm, seinem ganzen Wesen, überall in der Welt, zog sich immer mehr zusammen, in seinem Kopf, dieser Schmerz, tief und hart und alles ausfüllend, pochend, und er versuchte seine Augen aufzureißen, aber es gelang ihm nicht, denn sie waren zugeklebt, mit Lehm, und er riss mit beiden Händen an seinen Augenlidern und brach sie auf, und das Licht drang quälend hell ein, und er holte tief Luft und presste die alte, abgestandene Luft aus sich heraus.

Es roch unangenehm säuerlich, Paul blickte in etwas Grobes, Poriges, Altes, das direkt vor seinem Gesicht lag und den säuerlichen Geruch ausströmte. Er stemmte sich ein wenig hoch und sah in das zerlaufene Gesicht von Pocke, der in voller Kleidung in einem großen, nicht bezogenen Bett neben ihm lag. Hinter Pocke auf der Matratze stand ein Teller mit nach allen Seiten verteilten Spaghetti, darin lagen ausgedrückte Kippen, um das Bett herum leere Flachmänner und Bierflaschen.

Der Schmerz pochte weiter in Pauls Schläfen, und er ließ sich wieder auf die Matratze sinken, um darauf zu warten, dass sich die Welt veränderte. Einige Stunden lag er so da und dämmerte vor sich hin. Ab und zu las er ein paar Seiten. Katharina ging ihm wieder durch den Kopf.

26. 5.1966

Der verfluchte Keil spielt gut. Nicht nur seine Rolle, er selber ist vollkommen selbstsicher, woher nimmt der das? Ich verstehe das einfach nicht. Wenn er Verliebtheit spielt, dann glauben alle im Raum das, auch Katharina, sie ist ganz benebelt davon, oder spielt sie das auch nur? Steht sie auf Franz oder auf Werther? Spielen beide, oder sind die wirklich verliebt? Und in den Probenpausen sitzen sie auch zusammen und reden. Wer redet dann mit wem? Reden die Echten oder die Rollen miteinander?

Je mehr ich ihnen zuschaue, desto schlechter werde ich selbst. Ich habe ja sowieso kaum was zu sagen als Albert, weil sich ein Großteil der Geschichte zwischen Lotte und Werther abspielt, aber das wenige gelingt mir auch nicht, es ist jämmerlich.

Ich verachte mich. Ich bin ein unwertes Wesen.

Und privat kann ich auch nichts mehr zu ihr sagen, je höher die beiden hinauffliegen, desto tiefer sinke ich in den Abgrund. Dabei finde ich Katharina mitt-

lerweile immer besser, ich finde sie fast so gut wie Lotte, aber das spielt jetzt auch keine Rolle mehr. Obwohl sie komischerweise nett zu mir ist!
Warum ist sie nett zu mir?
Letztens hat sie mich nach der Probe gefragt, was eigentlich mit mir ist. Ich habe ihr gesagt, dass ich es einfach nicht schaffe. Sie hat gemeint, dass ich mich besser vorbereiten soll. Wie?, habe ich sie gefragt. Ich soll mir mehr zu der Rolle ausdenken, hat sie gesagt, Kleinigkeiten, Sachen, die typisch für Albert wären. Das fand ich ziemlich gut. Kleinigkeiten, Spleens, Ticks, Eigenarten, Angewohnheiten, Wesenszüge. So was wie zum Beispiel hinken. Sich ständig durch die Haare fahren. Den Kopf ab und zu leicht nach links ziehen. Jeden zweiten Satz mit »zum Beispiel« beginnen. Das leuchtete mir ein. Und da hatte ich auch gleich Ideen dazu.
Dann ist Keil wieder dazwischengekommen, er spricht nicht mal mit mir, er tut einfach so, als ob ich nicht da wäre, er nimmt sie beim Arm und geht mit ihr weg. Einfach so.
Er ist die Pest.
Aber später hat sie mir wieder angeboten, mit mir zu proben, ganz alleine! Mit mir meine Texte durchzugehen und über meine Rolle zu reden. Bei ihr zu Hause! Das wäre so ...
Ich kriege sie nicht mehr aus meinem Kopf. Sie hat sich irgendwie in mir festgefressen, ihr Bild erscheint

dauernd vor meinen Augen. Ihre feinen Züge, ihre milchgrauen Augen, die seidige Behaarung ihrer Wangen, der Schwung ihres Kinns, die leicht einwärtsgebogenen Augenbrauen, die ihrem Blick so etwas Ernstes geben, als wenn sie auf der Jagd nach etwas wäre.
Wieso grade sie, ich steh doch eigentlich gar nicht auf solche Frauen. Ich stehe eher auf weibliche Frauen, sie ist so sportlich. Sie macht mich körperlich nicht an, andere finde ich viel erregender. Aber wenn ich dann an Lotte denke, möchte ich sie doch haben. Mit ihr alles machen. Sie auf den Boden schmeißen, in den Dreck, über sie herfallen.

27.5.1966

Wenn sie mit Keil spielt, ist es so, als wenn sie sich schon seit hundert Jahren kennen würden, das wirkt alles so selbstverständlich, als wenn sie ein Tangopaar wären, irgendwie tanzen sie zusammen, ohne Tanzschritte, aber es wirkt wie eingeübt, wie eine einstudierte Choreografie.
Wie kann ein so arroganter und mieser Typ wie Keil in etwas so Feinem wie der Kunst überhaupt gut sein? Ich dachte, man müsste sensibel sein für die Kunst, aufmerksam und feinsinnig. Ich dachte, nur gute Menschen machen gute Kunst. Aber das stimmt gar nicht! Das habe ich jetzt gelernt. Keil ist grob wie ein Steinbrocken. Schlau und kalt und grob.

Er spielt nur so, als ob er gut spielen würde, in Wirklichkeit will er etwas anderes. Er will Macht. Er will über Menschen bestimmen. Und darüber, ob sie glücklich oder unglücklich sind. Und das kann er gut. Aber ich werde ihm Einhalt gebieten, mir wird schon noch etwas zu ihm einfallen!

30. 5. 1966

Heute stand ich nach der Probe in der Dusche, als Letzter. Alle anderen waren schon weg. Ich hörte die Tür zum Duschraum aufgehen und drehte mich um. Vor mir stand Frau Zucker. Ich habe sie erst nicht erkannt, in dem feinen Nebel. Sie sah mich lange und ganz ruhig an, und ich konnte mich nicht bewegen. Irgendwie war da so eine Spannung zwischen uns. Vielleicht hat sie auch leicht gelächelt, ich weiß es nicht genau. Auf einmal bemerkte ich, dass sich zwischen meinen Beinen etwas regte, das Wasser lief die ganze Zeit an mir runter, sie sah an mir herab und ist mit den Augen da hängen geblieben, ich hab's erst gar nicht gecheckt, dann hat sie mir wieder in die Augen geschaut, und ich habe mich schnell umgedreht. Als ich mich mit dem Kopf wieder zu ihr drehte, war sie weg.

Was war das? Was wollte sie von mir? Das hat mich ziemlich verwirrt. Jetzt muss ich auch noch ständig an sie denken. Ich muss die ganze Zeit an die beiden denken, ich flattere zwischen ihnen hin und her, wie ein Vogel zwischen zwei Bergspitzen. Aber sie werden mich nicht kriegen, ich werde nicht schwach. Ich muss allein bleiben!

30. 5. 1966 – abends

Habe mich eben im Spiegel angeschaut. Ich bin gar nicht so hässlich, wie ich mich oft fühle. Ich bin dünn, und man kann meine einzelnen Muskeln sehen, ich glaube, das sieht gut aus. Hat sie mich deswegen angeguckt, weil sie mich attraktiv findet? Haben ältere Frauen so was noch? Sie ist bestimmt schon dreißig oder sogar noch älter. Ich finde sie trotz ihres Alters wundervoll. Oder vielleicht gerade deshalb? Warum hab ich nicht reagiert?
Ich IDIOT!

Pockes Atem ging unregelmäßig, ab und zu traten ein paar Blasen aus seinem Mund hervor und zerplatzten wie kleine, stinkende Gedanken an der Luft. Nach einer weiteren verdämmerten Stunde hielt es Paul nicht mehr aus, er stand auf und sah sich in der Wohnung um. Sie war fast leer geräumt, ein paar Koffer standen herum, in der Küche saß ein einsamer Wellensittich in einem kleinen Käfig und schwieg müde vor sich hin.

Paul nutzte die Gelegenheit, um ein ausgedehntes Bad zu nehmen. Langsam klärten sich in der Wanne seine Gedanken, und er konnte sich wieder an den

Abend erinnern, an das Geschrei und Gelächter, an das Geprügele am Ende und die Polizei, an das Torkeln Arm in Arm mit Pocke, dessen bester Freund er in kürzester Zeit geworden war.

Jetzt war ihm schlecht. Zu viel, alles zu viel, zu viele Getränke, zu viele Worte, zu viele Bekenntnisse. Als er in die Küche trat, saß Pocke dort nackt und kratzte sich mit leerem Gesichtsausdruck seinen gewaltigen Schmerbauch.

»Morgen, Kollege …«

»Morgen …«

»Und – geht's dir auch serbesch?«

»Hä?«

»Na, sehr beschissen.«

»Oh ja, allerdings, serbesch, das kann man sagen.«

»Aber weißt du, für mich isses trotzdem gut, denn eine Zeit geht zu Ende, und eine neue fängt an. Ab morgen geh ich auf die Reise.«

»Ach ja, deine Weltreise, da hast du irgendwas von erzählt …« Paul erinnerte sich, während sich Pocke keuchend seine umherliegenden Klamotten überzog. Dann tauchte er seinen Kopf für einige Sekunden in das mit Eiswasser gefüllte Waschbecken, um blubbernd und prustend wie ein dreckiges, altes Walross wieder aufzutauchen. Er klatschte mit beiden Händen seine Haare nach hinten und warf dabei ölige Wasserfäden durch die Küche.

»Ja, der Traum, ich, ganz allein, ohne Koffer, nur

mit 'ner Handtasche und 'ner Kreditkarte, ein gedecktes Konto, reicht für 'ne Zeit, und dann einfach losfahren, ins Nichts, das erste Flugzeug am Flughafen einsteigen, weg, irgendwohin, neu anfangen oder weiterreisen oder bleiben und einfach nur 'ne gute Zeit haben. Wie Gunter Sachs werde ich nicht leben, aber 'n gutes Zimmer kann ich mir schon noch 'ne Zeit lang leisten. Ich hab noch genau fünfzigtausend Euro über, aus den goldenen Tagen, die hab ich damals auf ein Extrakonto gelegt, für 'ne Weltreise, irgendwann, und jetzt isses so weit.«

»Beneidenswert, Pocke, im Ernst, schöne Idee.«

»Hab auch noch was für dich, zum Abschied. Komm mal mit.«

In seinem alten Hausmantel humpelte Pocke voran zur Garage hinterm Haus. Dort stand, sorgsam mit einem Wachstuch abgedeckt, ein Auto. Pocke zog mit der gekonnten Bewegung eines Zauberers das Tuch weg.

»Schau her. Weißt du, was das ist?«

»Nee.«

»Das ist ein Nissan Datsun 240 Z von 1973! Hab ich mir damals gekauft und seitdem nur selten gefahren, alles noch im Originalzustand, was sagst du?«

Paul staunte, ein alter japanischer Sportwagen in Dunkelviolett mit herausnehmbaren getönten Targadachscheiben stand vor ihm, ein paar Dellen und Kratzer, aber alles in allem in sehr gutem Zustand.

»Weißt du, ich hab ihn mir gekauft, weil es das – meiner bescheidenen Ansicht nach – schickste Auto damals war, fast zu schön zum Fahren. Jetzt kann ich ihn nicht mitnehmen, also überlasse ich ihn dir, falls ich nicht wiederkomme. Was sagst du?«

Er hielt Paul die Hand hin. Paul sah ihn verständnislos an.

»Was ist, Junge, keine Verpflichtungen dran, nu schlag schon ein, sonst muss ich ihn hier stehen lassen, wär doch schade. Ich weiß, wir kennen uns noch nicht so lange, aber ich hab ja sonst niemanden.«

Er lächelte Paul an.

Paul legte seine Hand in Pockes.

»Aber falls ich zurückkommen sollte, musst du ihn mir wiedergeben.«

»Is gut, Pocke. Ich werde ihn in Ehren halten. Musste meinen Führerschein zwar vor 'n paar Jahren abgeben, bin aber 'n guter Fahrer, mach dir keine Sorgen!«

»Ehrensache, Paul, ich würd den Wagen sowieso nie jemandem mit Führerschein geben, hab ja selber keinen!«

Die beiden setzten sich in das Auto. Pocke hinters Steuer, Paul auf den Beifahrersitz.

»Eine Bedingung hab ich.«

»Welche?«

»Wenn du den Wagen nimmst, musst du auch den Vogel nehmen.«

»Was?«

»Den Wellensittich. Ich kann ihn doch nicht allein da oben lassen. Und wenn ich ihn freilasse, ist er nach zwei Tagen tot. Bitte nimm du ihn.«

»Was soll ich denn mit dem machen?«

»Nimm ihn einfach mit. Du wirst sehen – er ist 'n prima Freund. Er spricht zwar nicht viel, ist 'n bisschen melancholisch, aber er ist treu.«

»Wie heißt er denn?«

»Wolfgang.«

»Wolfgang. Komischer Name für 'nen Vogel. Aber okay, ich nehme ihn. Ich nehme ihn und dein Auto. Warum nicht!«

Einen Moment saßen die beiden schweigend nebeneinander.

»Übrigens – hier ist 'n altes Autotelefon drin, das geht, ich kann dich ja ab und zu mal anrufen und fragen, wie es Wolfgang geht.«

Zwischen den Sitzen klemmte ein großes altes Autotelefon mit einem geringelten Kabel.

»Jaja, ruf an, du wirst mich wahrscheinlich immer erreichen, denn der Wagen wird meine neue Wohnung sein.«

Am nächsten Morgen stand Paul früh auf, er hatte kaum geschlafen, Träume hatten in letzter Zeit wie schwere Gewitter seine Nächte durchkreuzt, und ihm blieb oft nichts anderes übrig, als sich durch einen Sprung ins Wachsein zu retten.

Im fahlen Morgenlicht ging er ins Badezimmer und sah sich lange und nachdenklich im Spiegel an. Waren das noch die gleichen Atome und Moleküle, die sich schon vor fünfzig Jahren angeschaut hatten? Oder waren all die kleinsten Bauteile ausgetauscht worden, und nur die grobe Gitterstruktur war erhalten geblieben? Wieso veränderte sich die Form so unglaublich stark?

Pocke erschien still wie ein Geist im Türrahmen und lehnte sich mit der Schulter gegen das Holz.

»Jaja, Paul, das ist der Rückbau des Lebens. Ab vierzig. All das, was da sorgsam aufgebaut wurde, um auf dem Höhepunkt mit etwa fünfunddreißig Jahren in schönster Pracht zu erstrahlen, wird danach genauso sorgsam durch geheime interne Befehle und Kräfte wieder abgebaut. Und man kann absolut nichts dagegen tun! Keine Chance. Du kannst 'n bisschen gegen antrainieren und so, aber das sind alles nur Rückzugsgefechte. Dann kommen 'n paar Jahre im Bett, liegend und brabbelnd, hilflos und hirnlos, ganz wie am Anfang, und schließlich kommt dein letzter Tag auf dich zu, ob du willst oder nicht, und etwas in dir ruft vielleicht noch ›Stooopp! Freunde! Halt, ihr Menschen, ihr kennt mich doch!‹, aber da wirst du schon verbuddelt, und dann musst du zu vergorener Biomasse zerfließen. Jetzt bald. Demnächst.«

»Genau so ist es.«

»Nur: Wer hat diese geheimen Befehle gegeben,

und vor allem, wie und wodurch? Das würde ich gerne mal wissen.«

Beide hatten keine Antwort auf diese Frage, nur in einem waren sie sich sicher: Mit einer »Gott« genannten Schöpfergestalt hatte das alles mit größter Wahrscheinlichkeit nichts zu tun.

Pocke ging in die Stadt, um ein paar letzte Erledigungen zu machen. Paul entdeckte im Wandschrank einen Kurzhaarrasierer und beschloss, ihn spontan einzusetzen. Er stutzte sich die Haare auf etwa einen Zentimeter. Dann rasierte er sich den Dreitagebart ab. Er wusch seinen Kopf und sah sich erneut im Spiegel an. Er erkannte jugendliche Reste wieder, die seit Jahren wie Inseln im Ozean seines Gesichts versunken gewesen waren. Etwas von ganz früher aber war an ihm erhalten geblieben, er – wie er sich eigentlich empfand – war noch nicht ganz verschwunden, unter wucherndem Zeitfleisch verwachsen. Paul versuchte in der Küche ein paar Liegestütze zu machen, musste aber nach der fünfzehnten keuchend aufgeben.

Dann kam Pocke zurück.

»Hey, Paulchen. Lass dich ma angucken. Nicht schlecht, mein Lieber, wie 'n Vierzigjähriger. Da siehste ma, was so 'n paar Haare ausmachen.«

Sie frühstückten, es gab Kaffee und gekochte Eier.

Pocke machte sich zurecht, zog sich ein hellbraunes Lederblouson und eine rosa Bundfaltenhose an, die Haare und den Schnurrbart frisierte er sorgsam.

»Ganz ehrlich – du siehst zum Fürchten aus.«

»Geschmackssache. Hauptsache, die Weiber mögen 's. Ich zieh's nur für die Weiber an, und die haben bekanntlich 'nen schlechten Geschmack. Oder was glaubst du, warum die meisten Männer so hässlich rumlaufen? Die werden von ihren geschmacklosen Frauen angezogen! So, Zeit zu gehen. Zeit für den Abschied, Alterchen.«

Pocke nahm tatsächlich nicht mehr mit als eine Umhängetasche aus Nappaleder.

»Kreditkarte, Unterhose, Kamm, Zahnbürste, Buch, Taschenlampe, Tabletten. Fertig. Und jetzt geht's los. Ich melde mich, falls ich die Möglichkeit dazu bekomme. Und wenn die Welt wider Erwarten langweilig sein sollte, meld ich mich auch. Denn dann komm ich zurück, und du musst den Wagen mit mir teilen. Aber in Wahrheit hoffe ich, dass du mich so schnell nicht wiedersehen musst, weil ich schon in einem Jahr eine kleine Orangenfarm in Südspanien besitzen werde. Hä, das wär doch was, oder?«

Pocke wienerte sich mit dem Zeigefinger quietschend die Vorderzähne und betrachtete sich dabei im Küchenspiegel.

»Schmeiß bitte den Wohnungsschlüssel in den Briefkasten, ab morgen kommen neue Mieter. Mach's gut, Alterchen.«

Sie umarmten sich kurz. Dann war Pocke weg.

Paul ging etwas beklommen durch die leere Wohnung. Das verlassene Lebensreich eines anderen. Der nie wieder hierher zurückkehren würde. Ein weiterer absolvierter Abschnitt der Welt.

7. 6. 1966

Ich war heute bei ihr zum Üben. Ich stand vor ihrem Haus und konnte nicht reingehen. Hab x Zigaretten geraucht, aber ich konnte die Grenze nicht überschreiten. Irgendwann habe ich es nicht mehr ausgehalten und habe dann doch geklingelt.

Sie war oben und hat direkt gespielt, direkt beim Reinkommen war sie Lotte. Das war super, ich habe mich noch mehr gefreut als über Katharina, sie war so nett zu mir, sie war ja meine Frau, ich war Albert, ich habe auch gespielt, direkt, wir waren drin für einen Moment, ich konnte es mit ihr zusammen tun, da war ein Band zwischen uns, ich hatte die Angst verloren, weil uns niemand beobachtete oder beurteilte, ich bin immer mutiger geworden, wir waren ganz das Paar aus dem alten Buch. Wir haben improvisiert, haben über unser Leben gesprochen als Lotte und Albert, über unsere Vergangenheit und Zukunft, ich glaube, wenn ein Fremder das beobachtet hätte, er hätte geglaubt, dass wir wirklich von uns sprechen.

Ich habe gesehen, dass es ihr Spaß macht, mit mir zu spielen, das hat mir Mut gemacht. Ich war ganz gut.

Nach ungefähr einer Stunde hat es geklingelt, und

Keil kam nach oben. Wie immer top gestylt, enger schwarzer Anzug, weißes Hemd, Schlips, blonder Seitenscheitel. Und ich habe mich gefragt: Waren die verabredet? Hatten die ein Rendezvous? Oder hat sie ihn dazugeladen? Ich hätte ihn am liebsten aus dem Fenster geschmissen.
Komischerweise hat er mich auf einmal angesprochen. Hat mich das erste Mal gefragt, wie ich heiße. Was mein Problem sei. Ob er mir helfen könne. Hat gesagt, dass ich doch ganz gut aussähe, dass Mädchen auf mich stehen würden und so. Ich habe das nicht gecheckt, wieso er auf einmal so nett zu mir war. Und er hat mir geraten zu üben, so lange meinen Text zu üben, bis ich vollkommen sicher sei. Oder aber Zettelchen mit meinem Text überall auf der Bühne zu verstecken, er meinte, das machen viele Schauspieler. Und wenn ich das beides nicht machen wolle, dann solle ich doch lieber Schlosser werden. Das war dann als Witz gemeint, und er hat laut gelacht, und Katharina hat auch ein bisschen gelächelt. Und ich habe tatsächlich gedacht, dass er mich meinte mit seinen Ratschlägen, ich war sogar irgendwie dankbar, weil er hatte mich ja sonst noch nie angesprochen. Dann hat er mich angeglotzt und geschwiegen, Katharina hat aus dem Fenster geguckt. Und ich wusste nicht, wo ich hingucken sollte. Bis ich geschnallt habe, dass ich gehen sollte. Das war echt der Gipfel der Demütigung, dieses kalte, falsche

Schwein. Und sie? Hat sie mich verraten? War das alles verabredet?
Ich bin raus und habe im Gebüsch vor Wut geheult und die Zweige rausgerupft und sie auf den Boden geschmissen und drauf rumgetrampelt, bis eine Oma mich angemeckert hat, da habe ich ihr vor die Füße gespuckt und bin weggerannt. Aber zu Hause habe ich dann trotzdem geübt. Und irgendwann fand ich das tatsächlich gut, und immer mehr blieb hängen, und es hat richtig Spaß gemacht. Ich habe die anderen Rollen auch mitgesprochen, bin hin und her gesprungen, immer um den Wohnzimmertisch rum, habe mit verschiedenen Stimmen gesprochen, hoch und tief und so. Habe Teile vom Stück ganz alleine aufgeführt.
Bis ich gemerkt habe, dass Papa die ganze Zeit in der Tür gestanden und mir zugesehen hatte. Das war mir sehr peinlich. Er war wieder breit und hat irgendeinen Schwachsinn geblubbert. Gute Ratschläge. Junge, was machst du da für 'n Quatsch?
Ich habe gesagt, dass ich fürs Theater lerne. Dann hat er weitergeblubbert, ich sollte was Ordentliches machen. Aus mir sollte mal was anderes werden als aus ihm. Schau mich an, sagte er, willst du so werden wie ich? Ich habe meine Chancen verpasst. Ich bin ein Wrack. Gott gibt jedem seine Chancen, nutze sie. Das Leben ist ein Geschenk, das habe ich leider erst zu spät verstanden. Du musst das verstehen. Nutze

deine Möglichkeiten, noch ist alles drin bei dir, die ganze Welt steht dir offen, du könntest alles werden, was ich nicht geworden bin.
Bald ist er am Ende. Bald fällt er auseinander. Und tatsächlich hat ja auch nichts bei ihm geklappt. Nichts ist aus seinen Träumen geworden. Das mit dem Autosverkaufen hat er schon vor Jahren aufgegeben. Die wollten ihn nicht mehr. Und dann nur noch ab und zu Jobs und Arbeitslosengeld. Nur das alte schäbige Haus hat er geerbt. Am Anfang war es noch in Ordnung, aber seit er es hat, zerfällt es. Alles, was er berührt, zerfällt.
Aber bevor er selber endgültig zerfällt, soll er noch ahnen, was aus mir wird.
Das Gegenteil von ihm.
Ich bin sein Traum, der lebendig geworden ist.
Ich muss mich beeilen, damit das noch wahr wird, bevor er verschwindet.

10. 6. 1966
Als ich heute auf die Probe kam, dachte ich, mir könnte nix passieren. So sicher saß der Text. Aber als ich auf der Bühne stand, da ging die ganze Kraft auf einmal von mir weg, und die Starre kam wieder, diese verfluchte ewige Starre. Nichts ging mehr.
Dann hat mir Frau Zucker ihre Hand auf die Schulter gelegt, und die Energie kam wieder – sie hat mich aufgetankt, mit ihrem Glauben an mich, mir wurde

ganz heiß an der Schulter, da waren so Wellen. Sie sah sehr schön aus, sie hatte einen weiten Rock an, in Dunkelgrün, und eine weiße Bluse, mit einem engen Gürtel und flachen Schuhen. Katharina hat mich auch angelächelt. Keil hat weggeguckt. Sie spüren bestimmt, dass er nicht echt ist, ich bin mir sicher. Er ist ein Roboter, er kann zwar alles Mögliche total gut, aber er hat keine Tiefe. Er besteht aus purer Oberfläche, darunter ist nur kaltes Nichts. Er ist genauso eitel und selbstverliebt wie Werther, den verachte ich auch.

Beim Spielen hat er mal wieder nur auf sich selber geachtet. Das sah auch gut aus, aber ansonsten ist auf der Bühne nichts passiert. Er hat zu niemandem außer zu Katharina Kontakt aufgenommen.

Frau Zucker hat ihm gesagt, dass er uns andere mehr mit ins Spiel nehmen soll. Dass er Verantwortung übernehmen soll. Und dann hat er sich auf einmal bei mir entschuldigt! Das muss man sich mal vorstellen! Was soll das nun wieder? Ich habe nichts gesagt, mir nur von ihm die Hand schütteln lassen. Aber ich wusste, dass er log.

Danach ging's besser. Auf einmal war der Knoten bei mir geplatzt. Nicht richtig, aber irgendwie schon ein bisschen. Ich konnte zumindest sprechen. Ich konnte meine Ablehnung gegen ihn zeigen, weil die ja auch zu meiner Rolle gehört. Ich bin Albert, Lottes rechtmäßiger Mann, aber er, Werther, hat sich in Lotte verliebt und will sie für sich. Und das kann ich nicht zulassen.

Danach hab ich mit Katharina geredet. Ich hab sie zur Rede gestellt. Sie hat gesagt, dass sie nicht mit Keil verabredet gewesen ist, als er zu unserer Probe bei ihr kam. Und dass ich ihr vertrauen kann.
Dass sie mich heute das erste Mal gut fand. Auf der Bühne. Und Frau Zucker stand daneben und hat mich auch angelächelt.
Das war ein grandioser Moment.
Am liebsten hätte ich beide geküsst.
Katharina hat mich wieder eingeladen. Sie hat mir versprochen, dass wir alleine bleiben. Morgen.
Frau Zucker hat's gehört.
Sie hat auf den Boden geschaut.
Ich weiß grad nicht, welche von den beiden ich besser finde.

Paul setzte sich in den Wagen und schloss die Tür. Hinter ihm auf der Rückbank saß Wolfgang in seinem Käfig und blickte irritiert um sich.

»Willkommen zu Hause«, murmelte Paul und stellte den Rückspiegel ein.

»He, Wolfgang? Jetzt geht's los, jetzt nehmen wir uns die Welt.« Wolfgang schwieg. Paul drehte den Schlüssel um, und mit einem tiefen Poltern erklang der Motor, warf einige Spotzer des Erwachens aus und surrte dann gleichmäßig vor sich hin.

»Wohin soll es gehen – hast du eine Idee?«

Wolfgang hüpfte von einer Stange zur anderen, die Situation schien ihn merklich zu beunruhigen.

»Ich weiß was, wir fahren ans Meer. Wolfgang, hast du jemals das Meer gesehen? Nein? Dann wird's Zeit! Weißt du, ich komme vom Meer. Ich könnte dir meine Heimat zeigen. Was hältst du davon?«

Wolfgang sprang wieder auf die andere Stange.

»Und wie wäre es, wenn wir meine Jugendfreundin Katharina besuchen würden? Vielleicht lebt sie ja noch. Vielleicht würde sie sich sogar freuen, wenn wir beide vorbeikämen. Oder?«

Vorsichtig ließ Paul den Wagen aus der Garage rollen. Langsam erinnerte er sich daran, wie ein Auto funktionierte, seine letzte Fahrt war viele Jahre her. Das Leder des Sitzes umfing ihn knatschend, der kurze Schaltknüppel lag in seiner rechten Hand, und im Rückspiegel sah Paul sich lächeln. Er glitt durch die Straßen der Großstadt und fühlte sich gut, autark, stark, er fühlte sich ermächtigt. Ein Polizeiwagen hielt an einer Ampel neben ihm, der Beifahrer, ein junger Polizist, musterte aus seiner erhöhten Position Pauls Wagen, dann sah er Paul direkt an, grinste und hob seinen Daumen, ihm schien der Wagen zu gefallen. Paul lächelte verhalten zurück und war froh, als die Ampel auf Grün umsprang. Was würde er tun, wenn sie ihn anhielten? Im Handschuhfach lag die Pistole. Er würde sich auf jeden Fall nie wieder einsperren lassen. Die Jahre, die er hinter Gittern verbracht hatte, sollten für dieses Leben die letzten gewesen sein, das hatte er sich geschworen.

Paul fuhr aus der Stadt heraus, die Häuser um ihn herum schmolzen zusammen, ein paar Baumärkte säumten den Weg, unterbrochen von sich selbst langweilenden Grünanlagen. Eine Ampel sprang kurz vor ihm auf Rot um, erst legte er den Fuß auf die Bremse, aber dann fuhr er einfach weiter und überquerte gelassen die Kreuzung. Nichts passierte. Paul holte tief Luft und lächelte in sich hinein.

Das Land breitete sich um ihn herum aus, und ihm fiel auf, wie lange er die Stadt nicht mehr verlassen hatte. Wie lange er in seiner Wohnung gesessen und darauf gewartet hatte, dass sich irgendwas ändern würde, dass das Leben endlich aufhörte, gleich zu bleiben, oder besser noch ein anderes würde. Warum er selber nicht mehr in das Geschehen eingegriffen hatte, vermochte er nicht zu sagen, es war einfach alles immer langsamer geworden und irgendwann komplett stehen geblieben. Bis die Freunde, dann die Post und schließlich das Geld ausblieben.

Von aller Welt vergessen.

Nur von seinem Vermieter nicht.

Und dann waren die Möbelpacker gekommen.

Und jetzt war er hier und fühlte sich auf einmal lebendiger als in den gesamten letzten zwanzig Jahren, in denen so gut wie nichts passiert war außer dem Warten auf einen Wink des Schicksals.

Auch die nächste rote Ampel an einer Landstraßenkreuzung überfuhr er, dabei lachte er sich im Rückspiegel an.

»Wir sind frei, Wolfgang, frei, verstehst du? Vogelfrei!«

Paul sah Wolfgang im Rückspiegel in seinem Käfig und wusste, dass er unrecht hatte.

»Entschuldige, ich bin frei, du nicht, aber das ist doch auch schon mal ganz gut. Und falls du es unbedingt willst, lass ich dich halt auch frei!«

Wolfgang blickte unbeeindruckt aus dem Fenster. Paul warf einen Blick auf das Armaturenbrett, er bemerkte, dass der Tank ziemlich leer war. Er bog von der Umgehungsstraße ab und fuhr über die Dörfer, auf der Suche nach einer geeigneten Tankstelle. Die meisten, die er entdeckte, waren zu gut besucht für sein Vorhaben. Schließlich aber traf er am Rand einer kleinen Stadt auf eine Station, die nur aus zwei Zapfsäulen und einem kleinen Kassenhäuschen bestand. Soweit er es erkennen konnte, gab es hier keine Überwachungskameras. Er parkte vor einer der beiden Zapfsäulen und tankte voll. Dann machte er sich umständlich daran, die Scheiben zu säubern. Hinter der Theke im Kassenraum stand eine füllige ältere Dame mit einer riesigen Brille und kurzen, weißblond ondulierten Haaren, sie musterte ihn durch das große Fenster. Ausdruckslos lag ihr grauer Blick auf ihm. Starrte sie ihn an, oder blickte sie ins Nichts?

Ein Porsche hielt an der anderen Zapfsäule, eine blonde Geschäftsfrau mit Pilotenbrille stieg aus und tankte, sie telefonierte dabei.

»Bitte? Stella, du kannst doch keinen Trakehner in so eine kleine Box stellen, Stella, nein ... ich bitte dich ... lass ihn draußen, und stell Bonne Nuit rein ... was ...? Tu endlich, was ich dir sage, verdammt noch mal!«

Sie warf zwischendurch einen kühlen Blick zu Paul rüber.

»Du verwechselst die Positionen, Stella, verstehst du, ich sag dir, was du zu tun hast ... bitte ...? Was ist – bitte schön ...? Also das geht ja wohl gar nicht. Stella, setz dich jetzt vors Haus, und warte auf mich, wir haben zu reden!«

Beim Sprechen sah die Frau Paul unverwandt ins Gesicht, benutzte ihn als Ansprechpartner, wandte sich mittendrin von ihm ab und ging rein, um zu zahlen. Als die alte Dame mit der Kasse beschäftigt war, verließ Paul die Tanke.

Er durchquerte ruhig den Ort, bog an den nächsten Landstraßen zweimal links ab und fuhr dann in Richtung Norden davon.

Ab jetzt würde alles anders sein, dachte er, ab jetzt hatte er eine Grenze überschritten, vielleicht würden sie sogar nach ihm suchen, wenn eine der beiden Frauen sein Nummernschild aufgeschrieben haben sollte. Sein Wagen war auffällig genug, so einen gab es im ganzen Bundesland nicht noch mal.

Paul ließ sich weiter Richtung Westen treiben, fuhr über die Dörfer. Wo er auch langkam, die Gegend war menschenleer, niemand war auf der Straße, nur ab und zu begegnete er einem entgegenkommenden Auto oder auch mal einem Trecker. Die meisten Landgasthöfe waren geschlossen, teils waren die Schilder abmontiert, und man erkannte nur noch an den Eingangstüren, dass dort mal ein Gasthof gewesen war. Was war hier passiert? Vor ein paar Jahren noch, als er in dieser Gegend wohnte, hatte es in diesen Dörfern Leben gegeben, hatten sich die Menschen in diesen Kneipen getroffen, um zu essen, zu trinken und beisammen zu sein, hatte es überall kleine Geschäfte, Kioske und Buden gegeben. All das war verschwunden. Wohin?

Schließlich, spät am Nachmittag, kam er zu einem Gasthof, direkt an der Nordseeküste, der geöffnet hatte. Paul parkte den Wagen hinterm Haus, kippte Wolfgang ein paar Körner in seine Essschale und deckte den Käfig dann mit einem Handtuch ab.

Er betrat den Gasthof, in dem ihn sofort der Geruch von altem Holz und Bratkartoffeln umfing. Im großen, leeren Gastraum setzte er sich an einen einzelnen Tisch am Fenster und wartete.

Ein Lastwagenfahrer aß schweigend auf der anderen Seite des Raumes ein großes Schnitzel und begaffte mit wässrig leerem Blick die ganze Zeit das Fleisch, als müsste er es mit den Augen festhalten.

Hinter dem Tresen hingen alte Fotos aus dem Gastraum, mit vielen Menschen, in wilden Szenen, feiernd, ausgelassen, tanzend, augenscheinlich lange her.

Schließlich kam die Wirtin aus der Küche, eine kräftige, mittelalte Frau, sie ging direkt auf ihn zu und zückte einen Block mit einem Zettel, dabei sah sie auf den Tisch vor ihm, ohne ihn zu begrüßen.

»Bitte?«

»Ich hätte gerne die Königsberger Klopse, die auf der Tafel stehen.«

»Gerne.«

»Und ein großes Bier.«

»Gerne.«

Sie wandte sich ab, um in die Küche zu gehen. Während der Bestellung hatte sie Paul kein einziges Mal angeblickt.

»Und ich würde gerne wissen, ob Sie auch Zimmer vermieten.«

Sie kam zurück.

»Ja, natürlich, sechzig Euro die Nacht, mit Dusche und Frühstück.«

Sie blickte ihn zum ersten Mal an und lächelte dünn. Ihre Augen waren eisblau und ihre Nase sehr schmal, aber sie gefiel Paul. Er lächelte sie offen an, und ihr Blick weitete sich ein wenig.

»Ich nehme eins.«

»Is recht, der Herr. Ich geb Ihnen die 16, die ist

schön ruhig. Der Schlüssel hängt dort am Brett. Frühstück bis neun Uhr.«

Sie lächelte Paul noch einmal unentschieden an, dann drehte sie sich um und verschwand in der Küche.

Der Lastwagenfahrer suchte mit den Augen den riesigen Teller nach weiterem Essen ab, aber der Teller blieb leer. Schließlich sackte er in sich zusammen und ergab sich dem Nichts. Nach wenigen Minuten fing er an zu schnarchen.

Die Wirtin stellte ein großes Bier vor Paul ab. Die erste Hälfte trank er in einem Zug. Dann lehnte er sich zurück und versuchte sich vorzustellen, was in diesem Raum über die Zeiten stattgefunden hatte. All die Zusammenkünfte und Feste, Erntefeiern, Hochzeiten und Abschlussbälle. Über die Jahrzehnte war dies der Raum für die Dorfgemeinschaft gewesen, in dem sich alles Soziale abspielte. Jetzt nicht mehr. Paul bestellte weiter Bier, und einmal lächelte die Wirtin ihn vom Tresen aus kurz an, während sie Gläser spülte.

Um kurz nach halb zehn betraten zwei junge Männer mit kurzen Haaren den Gasthof, gekleidet in Jeans und Bomberjacken, sie bestellten sich Korn und Bier und tranken, während sie sich in knappen Worten unterhielten. Der Größere der beiden kippelte die ganze Zeit über nervös mit seinem Barhocker. Die dörfliche Langeweile, die Unmöglichkeit, hier die überschüssigen Energien loswerden zu können, schien sie aufzuladen.

Irgendwann fiel Paul dem Größeren auf, und immer wieder wanderte dessen Blick zu ihm herüber. Paul beobachtete die beiden ruhig, er spürte in sich keine Unsicherheit, eher eine Art von Gleichgültigkeit. Schließlich löste sich der Größere mit Schwung vom Tresen und kam zu Paul herüber, um sich vor ihn zu stellen und ihn zu betrachten. Der Kleinere folgte ihm belustigt. Die Wirtin war in der Küche. Beide standen eine Weile abwartend vor Paul, dann zog sich der Größere einen Stuhl heran und setzte sich mit der Lehne voran zu ihm.

»Was bist du denn für 'n Penner? Hä?«

Paul antwortete nicht.

»Dich kenn ich gar nicht.«

Er musterte Paul herausfordernd. Paul blieb ruhig und entspannt.

»Weißt du, so Penner wie dich brauchen wir hier nicht. Verstehst du mich eigentlich? Oder kannst du kein Deutsch? Hä? Bist du Polacke? Oder Russe? Oder was? Sach ma' was, Opa!«

Der Kleine setzte sich vor Paul auf den Tisch. Paul lehnte sich zurück. Der Kleine nahm Pauls Bier und trank davon. Paul lächelte ihn müde an.

»Nix verstehn, Opa, was? In fremde Land fahre, aber nix verstehe, hä?«

Der Große kam Paul jetzt mit dem Gesicht ganz nah.

»Von hier bist du nicht. Also, was willst du hier? Was will er hier?«

»Ja, was will er hier?« Der Kleine trank weiter von Pauls Bier.

»Wir könnten ihn auch persönlich an die Dorfgrenze bringen. Und ihn dann rausschmeißen.«

»Korrekt. Mit persönlicher Begleitung. Das is Service!«

Die beiden blickten einander beim Sprechen nicht an, sondern nur Paul.

Mit einer gezielten Bewegung griff der Große plötzlich Paul am Kragen und zog ihn zu sich heran.

»Ich glaub, wir nehmen dich jetzt mal mit raus.«

Er zog Paul am Kragen hinter sich her, Paul stolperte zwischen den beiden durch den Saal und die Tür hinaus auf den Parkplatz.

»So, Opa, jetzt heißt es: ausziehen!«

Paul stand etwas zerlottert zwischen den beiden und rührte sich nicht.

»Sach ma, der versteht uns wirklich nicht. Hallo, Opa, ausziehen, hab ich gesagt!«

»Der is Ausländer, das sag ich dir. Was machen wir jetzt mit dem?«

»Wir ziehen ihn aus und fahren ihn an die Nordsee. Dann kann er nach Hause schwimmen.«

Der Kleinere prustete vor Lachen. »Hahaha, nach Hause schwimmen, nicht schlecht, hahaha!«

Paul steckte seine Hand in die rechte Jackentasche und zog die Luger. Mit der Linken lud er den Schlitten durch. Dabei blickte er die beiden ruhig an.

»Ich kann nicht schwimmen. Könnt ihr beide schwimmen?«

Die beiden blickten ihn irritiert an, der Kleinere machte einen Schritt rückwärts und hob die Hände auf Brusthöhe.

»Ob ihr beide schwimmen könnt, will ich wissen.«

Paul zielte mit der Luger direkt auf das Gesicht des Großen, er legte ihm die Mündung der Waffe auf das linke Auge.

»Wir können das ja mal testen. Los, ausziehen, beide.«

Unsicher begann der Große sich zu entkleiden. Der Kleinere bückte sich, kam aber auf einmal wieder hoch und sprintete in die Nacht.

»Guter Freund, den du da hast, lässt dich einfach so sitzen.«

Der Große blickte aus den Augenwinkeln seinem Freund hinterher, etwas zwischen Angst und Hass lag auf seinem Gesicht. Schließlich hatte er sich bis auf die Unterhose entkleidet.

»Los, auch die Buchse, ausziehen!«

Widerwillig entledigte er sich des letzten Kleidungsstücks.

»Und nun gehen wir baden.«

»Was willst du von mir? Hör mal, wir können über alles reden. Wir wussten doch nicht, dass du Deutscher bist.«

»Halt deinen dreckigen Rand!«

Die Hand mit der Pistole immer am Kopf seines Gegners schob Paul ihn voran in Richtung der Dorfstraße. An einem kleinen Feuerwehrteich, dessen Wasser komplett mit Entengrütze bedeckt war, blieben sie stehen.

»Los, rein da, Zeit fürs Schwimmen!«

Paul schubste den Nackten einen kleinen Abhang hinunter und zielte dabei weiter auf ihn.

»Rein da und schwimmen!«

Widerwillig und mit bösartigem Gesichtsausdruck tastete sich der Verurteilte im weichen Teichboden voran und sank immer tiefer ein, langsam veränderte sich seine Mimik, das Bösartige wich etwas fast schon Flehentlichem, bis er schließlich innehielt.

»Weiter geht nicht.«

»Wieso nicht?«

»Ich kann nicht schwimmen.«

»Ach was, weiter rein, das ist bestimmt nicht tief.«

»Bitte, ich kann nicht schwimmen.«

»Los, weiter rein!«

Seine Augen weiteten sich, er streckte den Kopf in die Höhe und hob die Hände, während er sich langsam rückwärtsarbeitete, dabei immer weiter versinkend, die Grütze ging ihm jetzt bis zu den Schultern, dann bis zum Hals und schließlich bis zum Kinn.

»Und jetzt drehst du dich um.«

Der Große drehte sich um und blickte von Paul weg.

»Und jetzt rufst du Mama.«

»Was?«

»Du sollst deine Mama rufen. Damit sie dich da rausholt. Hast du das verstanden? Oder willst du absaufen?«

»Ich kann doch nicht –«

»Ruf deine Mama, los! Und falls du dich umdrehen solltest, schieß ich dich tot. Und wenn du aufhören solltest, schieß ich dich auch tot. Und sagen tu ich jetzt auch nichts mehr. Also los!«

Der Große schwieg. Paul spannte den Hahn der Luger, man konnte das Klicken gut hören. Der Große fing an zu rufen, erst leise, dann immer lauter: »Mama ... Mama ... Maamaaaaa!«

Leise entfernte sich Paul und ging zurück zum Gasthof. Auf dem Weg dorthin musste er vor sich hingrinsen, während er hinter sich das alberne Flehen seines Gegners hörte.

Er ließ den Wagen an und rollte langsam vom Hof. Im Rückspiegel sah er im oberen, erleuchteten Giebelfenster des Gasthauses das Gesicht einer Frau, die ihn beobachtete, sie war schon relativ weit entfernt. War das die Bedienung gewesen? Vielleicht hatte er ihr ja gefallen. Sie ihm auf jeden Fall.

Auf der Landstraße gab Paul Gas, sodass Wolfgang auf seiner Stange aus dem Gleichgewicht geriet.

Paul fragte sich, wann er das letzte Mal mit einer Frau geschlafen hatte. Das musste Jahre her sein, viele

Jahre, bestimmt zehn. Es war seine letzte Freundin vor dem großen Rückzug gewesen. Sie hatte ihn verlassen, weil sie diesen Rückzug nicht mitgehen wollte. Der Akt war nicht spektakulär gewesen, es war einfach nur das letzte Mal. Hätte Paul das gewusst, wäre es vielleicht anders gewesen. Wie eine Derniere. Wie eine Abschlussgala. Seitdem hatte er versucht, diese Sehnsucht in sich abzustellen, es war ihm nie ganz gelungen. Obwohl er eigentlich froh darüber war, dass die Frauen aus seinem Leben verschwunden waren. Die Frauen mit all ihren unendlichen Ansprüchen, mit all dem, was man ständig für sie sein sollte, mit ihren Unklarheiten, mit ihren permanenten Versuchen, beständige Strukturen und Sicherheitsmodelle zu entwickeln. Als wären das Leben und die Liebe haltbar. Vollkommen unhaltbar waren sie, flüchtig, luzide, gasförmig. Er hatte sich zurückgezogen, weil er nichts zu verlieren haben wollte, und wenigstens das war ihm gelungen. Alle waren weg, alles war weg, nur er war geblieben.

Paul übernachtete im Auto. Am nächsten Morgen überquerte er die Grenze nach Dänemark, er hatte beschlossen, eine der dänischen Inseln anzusteuern, dort, wo man mit dem Auto auf den Strand fahren konnte. Die Sonne schien ihm warm ins Gesicht, und an einer Parkbucht nahm er die Targa-Dachscheiben heraus, sodass er die frische Luft atmen konnte. Er drehte die Anlage auf, im Radio erklang »Let 'em in« von den Wings. Ein langer Damm trennte das Festland von der Insel, auf die er fahren wollte, Römö. Schafe weideten auf den Wiesen, und das Wasser zu beiden Seiten des Dammes blitzte im Sonnenlicht. Ein Funken der Freude hatte sich in seiner Brust entzündet, manchmal, im zufälligen Zusammenwirken der Ereignisse, gibt es positive Konstellationen, an denen man sich für einen kleinen Moment erfreuen kann, dachte sich Paul, nur ganz kurz, dann ist alles wieder wie immer, gleichförmig und absehbar.

Er glitt mit dem Wagen über die flache Insel, vorbei an einigen Campingplätzen, und kam schließlich zum Strand. Endlos erstreckte sich der Sand nach allen Seiten, flach, in kleinen Rillen verweht und halb angetrocknet, und vor ihm, einige Hundert Meter weiter, lag das offene Meer, die Nordsee. Es war noch recht früh und leer hier, rechts von ihm standen direkt am Wasser zwei kleine Busse, einige junge Männer versuchten ihre Kiteschirme im Wind steigen zu lassen. Nach links rüber konnte Paul überhaupt niemanden sehen. Eine steife Brise zog landeinwärts, und das Meer bäumte sich in hohen, ungestümen Wellen auf, die weder Ruhe noch Regelmäßigkeit besaßen.

Alte Bilder stiegen in ihm auf. Er meinte sich zu erinnern, dass er hier vor über fünfzig Jahren mit seinen Eltern gewesen war. Erinnerte sich an seinen Vater, der ihm eine Wespe aus dem Nacken des Hemdes gefischt hatte. Sie hatte ihn nicht gestochen. Das war das Einzige, an das er sich konkret erinnerte. Was für unwichtige Splitter im struppigen Fell des Gedächtnisses hängen bleiben, dachte er sich.

Er drückte das Gaspedal voll durch, die Reifen schleuderten den Sand weit hinter ihm raus, und der Wagen machte einen Satz nach vorn. Mit wachsender Geschwindigkeit schoss er auf die Nordsee zu, doch einige Meter bevor der Strand feucht wurde, zog er in einer scharfen Kurve nach links rüber und raste an der Brandung entlang. Der salzige Wind wehte vom Meer in sein Gesicht, Sandkörner drangen wie kleine Geschosse von überall in den Wagen und blitzten dabei für Sekundenbruchteile in der Sonne, der Motorenlärm vermischte sich mit dem Brausen des Windes und der Wellen zu einem weißen Rauschen, und er fühlte sich ganz allein und glücklich.

Vor ihm tauchte das Schild eines Naturschutzgebiets auf, ein dünner Zaun trennte den Strandabschnitt ab, Paul durchbrach ihn, und erneut erstrahlte ein schmales Lächeln auf seinen Lippen, so als hätte er sich etwas ganz besonders Gutes geleistet.

Manchmal wurde der Sand etwas tiefer, sodass der Motor fast absoff, und einige Male musste Paul halbtrockene Priele umfahren. Irgendwann, als er in den Rückspiegel blickte und niemanden mehr sehen konnte, weder Mensch noch Tier, sondern nur Sand und Meer, blieb er mit der Schnauze des Wagens in Richtung Meer stehen und stellte den Motor ab. Sofort umfing ihn ein anderer Zustand, das Gefühl völligen Alleinseins durchflutete ihn noch einmal, niemand, der etwas von ihm wollte, niemand, der etwas von ihm erwarten konnte, als wäre er weg aus dieser Welt, vergessen und ausgelöscht, ohne Bedauern darüber und ganz erfüllt von diesem Glück. Was brächte es ihm noch, wenn sich jetzt jemand an ihn erinnern würde, wo er doch tot war, dachte Paul. Endlich nicht mehr existent in der Welt der Menschen. Aber dennoch lebendig im Hier und Jetzt.

»Gibt es irgendjemanden, der sich meiner erinnert? Ich hoffe nicht.« Pauls Stimme klang rau in der Stille.

Ein mageres Tschilpen erklang hinter seinem Rücken, Paul fuhr erschrocken zusammen und drehte sich um. Dort saß der Vogel in seinem Käfig und blickte ihn stumm an. Paul griff nach dem Gittertürchen und öffnete es. Wolfgang blickte lange verständnislos auf diese unerwartete Möglichkeit, tschilpte dann kurz und setzte sich mit einem kleinen Sprung auf die nach unten geklappte Tür vor den Käfig.

»Los, Wolfgang, mach es, heute ist dein Tag, los, mach es endlich, du kannst das, fliegen ist dein Ding, los, zisch endlich ab.«

Der Vogel drehte sich ein paarmal im Kreis, wie um die ganze Größe der Welt zu begreifen, und wanderte dann gelassen wieder in seinen Käfig, um sich auf seine Stange zu setzen. Paul sackte in seinem Sitz zusammen.

»Wie kann man nur so arrogant sein? Gott bietet dir die Freiheit, öffnet die Klappe deines Gefängnisses und entlässt dich in das große Abenteuer des Lebens. Aber du willst lieber nicht vom Apfel der Erkenntnis essen und stattdessen vor den Mauern zum Paradies in Frieden versauern, stimmt's? Du armselige Kreatur!«

Tschilp.

Der Vogel schaute ungerührt zu Paul rüber.

Tschilp.

»Was heißt das eigentlich? Wenn es das einzige Wort ist, das du kennst, dann steht es wahrscheinlich für alles, oder? Eine Sprache mit nur einem Wort, da kann es eigentlich nicht zu Kommunikationsproblemen kommen. Oder ist das vielleicht ein sexueller Lockruf?«

Tschilp.

»Denn falls du mich für ein besonders großes Vogelweibchen halten solltest, muss ich dich enttäuschen: Ich bin ein Mensch – du bist ein Vogel. Verstehst du? Ich bin das obere Ende der Nahrungskette, du bist das untere. Normalerweise müsste ich dich fressen. Ich tu das nur nicht, weil es Supermärkte gibt. Und wir werden definitiv keine gemeinsamen Eier kriegen. Außerdem bin ich zu alt für dich.«

Tschilp.

Paul schloss die Tür des Käfigs und lehnte sich ein wenig in der Sonne zurück. Er griff nach seinem Tagebuch.

11. 6. 1966

War heute wieder bei Katharina zum Üben. Es hat funktioniert. Wenn wir zu zweit sind, klappt es komischerweise gut, wieso nicht, wenn Leute dabei sind? Was ist dann anders? Ich kann meinen Text ja immer noch auswendig, aber irgendwie kommt dann die Starre. Wir sind beim Üben durch die ganze Wohnung gegangen. Wir haben uns verhalten, als wenn wir ein Paar wären. Das war irgendwie magisch, dass ich mit ihr zusammen sein konnte, obwohl ich mich nie trauen würde, ihr nahezutreten. Will ich sie besitzen? Irgendwie ja und auch wieder nicht. Körperlich würde sie nicht in meine Auswahl fallen, aber die Art, wie sie sich bewegt und wie sie schaut, scheu, aber gleichzeitig auch aufmunternd, das macht mich an. Außerdem steh ich auf ihren Hintern, der ist so schön rund und fest. Ich habe ihn heute beim Spielen berührt, sie hat sich nichts anmerken lassen, im Gegenteil, sie hat sich leicht gegen mich gedrückt, auch gegen meine Lenden, ich hatte echt Angst, dass sie mein Ding spürt. Hat sie vielleicht auch. Vielleicht hat sie sich deshalb an mir gerieben, dabei hat sie aber immer nur die Rolle gespielt und ihren Text als meine Frau im Stück gesprochen. Irgendwann war ihr Gesicht vor meinem, wir waren uns ganz nah, ich habe ihren Atem gerochen, er roch irgendwie gut, wie nach Blumen (kann Atem nach Blumen riechen?), ihre Augen waren ganz weit geöffnet, sie schaute direkt in mich hinein, ich wurde ganz starr, obwohl wir nur zu zweit waren, erfasste mich die Starre. Ich hab in dem Moment nur noch gewartet und mich dem Schicksal übergeben. Und dann hat sie mich geküsst, ihre Lippen auf meine gelegt. Und dann war auf einmal ihre Zunge in meinem Mund, und ich habe Sterne gesehen und bin trotzdem ganz starr geblieben, und sie hat mich umschlungen und mich weitergeküsst, und in meinen Lenden hat es gepocht. Und dann bin ich gekommen. Ich habe wohl gezuckt und gestöhnt oder so, aber sie hat mich nicht losgelassen, sondern mich irgendwie so ernsthaft angeschaut. Wie eine Forscherin, die eine neue Art entdeckt hat. Ich habe mich dann auf einen Sessel gesetzt und habe fassungslos an die Decke gestarrt. Und sie ist in der Rolle geblieben und hat weitergespielt! Und ich habe es echt nicht verstanden, wo jetzt die Grenzen waren. War das ernst gemeint, der Kuss? Oder war das Spiel? Hat sie gemerkt, dass ich wirklich gekommen bin? Oder hat sie gedacht, dass ich so gut spielen könnte? Hat sie mich gemeint oder Albert? Ich habe sie dann angeschaut, all meinen Mut zusammengenommen und sie gefragt, wie sie mich eigentlich findet. Und auf einmal schien sie enttäuscht und meinte, dass wir zum Üben hier seien und dass ich doch weiterspielen solle. Ich konnte es dann nicht mehr, ich wollte wissen, was das wirklich alles heißt und ob hier etwas passiert war und was das ist zwischen uns. Aber sie wollte weitermachen mit dem Spiel und nicht drüber reden. Und irgendwie verpuffte die ganze Energie zwischen uns, und ich konnte nicht mehr spielen, und irgendwann bin ich dann gegangen. War ganz zerbrochen. Das war echt ein trauriger Moment. Ich wollte gerne so viel von ihr wissen. Aber sie wollte nichts verraten.

14.6.1966

Ich habe sie seit drei Tagen nicht gesehen. Also, ich habe sie schon gesehen, gestern in der Schule, aber ich trau mich nicht, sie anzuschauen oder mit ihr zu sprechen. Sie macht ganz auf normal und lässt sich überhaupt nichts anmerken. Sie scheint das Ganze überhaupt nicht zu berühren. Vielleicht bin ich ja wirklich nur ein Spiel oder eine Übung für sie. Ich weiß einfach nicht, wo ich sie hinstecken soll.
Heute Abend habe ich Vater im Garten gefunden. Er ist in seine beknackten ollen Zuchtrosen gestürzt und hat sich da vollgekotzt. Dann ist er liegen geblieben und eingepennt. Fast hätte ich geheult, es sah so traurig aus. Aber dann bin ich einfach weggegangen. Bin so durch die Straßen gelaufen und habe nachgedacht. Darüber, ob ich wohl genauso werden muss wie er. Dann bin ich ins Holsten Eck und habe Bier getrunken, alleine, außer mir waren nur alte Männer da. Die waren alle so fertig, so will ich nie werden. Wie können die sich nur so gehen lassen? Was ist mit

denen passiert, dass die so kaputt sind? Oder ist das normal im Leben? Endet man automatisch so? Ich nicht, ich werde widerstehen. Ich werde anders werden. Ich werde sowieso nicht alt werden. Vielleicht zwanzig, vielleicht sogar dreißig, aber dann ist Schluss. Was soll man danach noch, mit dem schrotten Körper und dem Scheißberuf und der öden Familie? Ich werde das alles umgehen oder rechtzeitig die Reißleine ziehen. Die reden auch nur über altes Zeug, über früher oder über Langweiligkeiten, nie übers Hier und Jetzt. Die sind alle aufgebraucht.
Ich habe sechs Bier getrunken und zwei Schnäpse. Um zu schauen, wie die Alten sich fühlen. Dann bin ich auf den Tisch gestiegen und habe »Schnauze, ihr Idioten!« geschrien. Die haben mich alle angestarrt und waren ganz leise. Ich bin nach Hause gegangen und habe mich zu Vater in seine Rosen gelegt und bin da bei ihm eingepennt.

17. 6. 1966
Heute hatten wir Theater. Wir haben zusammen gespielt. Katharina und ich. Es war wie immer. Also, es war nichts zwischen uns, sie war ganz normal zu mir. Ich hab auch versucht, mir nichts anmerken zu lassen, aber so richtig gelang es mir, glaube ich, nicht. Wenn ich sie anschaue, gibt es so leichte Schläge in mir. Und wenn sie sich an die Brust von Keil wirft, tut's in mir weh. Es sticht irgendwie in der Brust.

Obwohl es doch nur Schauspiel ist. Aber dieses Stechen hilft mir auch, weil ich das dann echt fühle, die Eifersucht, die ich spielen soll.
Auf jeden Fall hat Frau Zucker gesagt, dass ich heute gut gespielt habe. Ich hatte auch das Gefühl, dass die Dinge in mir gestimmt haben. Keil konnte nichts dagegen tun, dass ich gespielt habe, das hat ihn genervt, ich hab's gespürt. Und ab und zu hat Katharina mich interessiert angeschaut. Als wenn sie bemerken würde, dass sich was in mir getan hat. Am Ende der Probe hat sie mir kurz zugezwinkert, da hat mein Herz einen Sprung gemacht. Keil hat das gesehen, seine Augen waren ganz kalt und stumpf, er hat mich lange angeschaut, aber es war mir egal, vollkommen egal. Ich glaube, er hasst mich richtig. Ich glaube, er spürt, dass ich etwas habe, was er nicht hat. Etwas, das die Frauen nett zu mir sein lässt, zu ihm aber nicht. Er hat alles, er hat wirklich fast alles, aber eins, das fehlt ihm. Wenn ich nur wüsste, was das ist, was ich habe, er aber nicht. Aber ich weiß es nicht.
Nach der Stunde hat Frau Zucker mich gebeten, zu einem Gespräch zu bleiben. Nachdem alle gegangen waren, bat sie mich, auf der Spielfläche Platz zu nehmen. Sie meinte, dass es ihr sehr gefallen würde, wie ich mich entwickle, und dass ich echte Fortschritte machen würde. Sie meinte auch, dass sie sehr wohl bemerke, dass es ein Problem zwischen mir und Keil

gebe, aber ich solle mich davon nicht runterziehen lassen. Ich habe mich die ganze Zeit gefragt, warum sie mir das alles sagt. Ich wusste es ja eh schon, und sie wusste, dass ich das wusste. Sie hatte die ganze Zeit so ein ganz leichtes Lächeln im Gesicht, das hat mir echt gefallen. Dann hat sie einen Satz gesagt, und mittendrin hat sie aufgehört zu sprechen. Sie hat sich umgedreht und ist Richtung Ausgang gelaufen, und ich dachte – verdammt, jetzt geht sie. Aber sie ist zum Lichtschalter gegangen und hat das Licht ausgemacht. Es war wirklich vollkommen dunkel in der Halle, ich habe die Hand nicht mehr vor Augen gesehen. Und dann ist sie ganz langsam näher gekommen, ich habe nur ihre vorsichtigen Schritte gehört. Ich glaube, ich habe laut geatmet, denn sie ist die ganze Zeit in meine Richtung weitergelaufen. Ich habe Kleidung gehört, Knöpfe, einen Reißverschluss, sie hat sich ausgezogen und die Sachen fallen lassen. Da habe ich mich auch ausgezogen. Als ich ganz nackt war, im vollkommenen Dunkel, das war ein irres Gefühl. Wie in der Nacht im All, ich wusste nicht, wo oben und unten ist. Ich wusste nicht, ob ich schwebe oder falle. Aber ich habe mein Herz gehört, weil es so laut war, mein Herz und ihren Atem und ihre Schritte und meinen Atem. Sie ist um mich rumgegangen, ich habe gehört, wie ihre Füße den Boden berührten. Dann habe ich sie gerochen, zumindest ihr Parfüm, ganz leicht, als wenn ich einer Blume nahe gekommen wäre. Schließlich hatte sie mich gefunden, sie umrundete mich langsam, ihre Finger glitten über mein Gesicht, meine Haare, meinen Rücken, ich habe die Hände nach ihr ausgestreckt, habe ihre Beine berührt, ihre warme Haut, habe meine Finger über die Knie streichen lassen und dann höher hinauf. Sie hat laut geatmet. Ich habe auch laut geatmet. Ich habe mir eingebildet, etwas zu sehen, sie, Schemen, eine Lichtgestalt, manchmal sah ich sie, dann verschwand sie wieder, ich schätze, das war meine Phantasie. Mir ist ganz schwindelig geworden, weil ich nicht mehr wusste, wo oben und unten ist, aber gleichzeitig war das auch schön, ich hatte keine Angst, ich habe ihr vertraut, ich hatte das Gefühl, dass wir weit draußen sind im Weltall, irgendwo zwischen den Sonnen und Planeten, uns umeinanderdrehten, im sonderbar warmen Nichts, in einem stillen Tanz, dem innersten Sinn des Lebens gehorchend. Und dann habe ich Licht gesehen, unendlich viel Licht, in der Nacht. Jetzt weiß ich echt gar nichts mehr.

Paul dachte lange nach, während er in den Himmel blickte. Dann ließ er den Wagen an und gab Gas, fuhr die Brandung entlang. Der Strand ging nach einiger Zeit in eine Art versteppte Wiese über. Er kam auf einen kleinen Feldweg, der in ein Kiefernwäldchen führte. Immer wieder lagen kleine Häuschen zwischen den Bäumen, Ferienhäuser, Hütten, Sandwege zweigten ab und führten weiter hinein in eine ausgedehnte Waldsiedlung.

Vor einem etwas schäbig aussehenden Bungalow, der halb verdeckt zwischen hohen Fichten lag, blieb Paul stehen und machte den Motor aus.

»Wolfgang, schau mal, hier bleiben wir, wenn alles passt, ist das hier unser neues Zuhause.«

Paul betrat das Grundstück und umrundete das Haus, ein dunkelbrauner Siebzigerjahrebungalow aus Holz, der auf der Rückseite eine große Glasfront besaß. Das Grundstück machte einen ungepflegten Eindruck. Paul spähte durch die Fenster und sah, dass die Wohnung voll eingerichtet war, alle möglichen Gegenstände lagen herum, so als hätten die Besitzer vor längerer Zeit das Haus ziemlich übereilt verlassen und wären seitdem nicht mehr zurückgekommen. Alle Türen und Fenster waren verschlossen, also nahm sich Paul einen Stein und schlug damit das Klofenster ein. Im Inneren bestätigte sich sein Eindruck, dass dieses Haus vor längerer Zeit von heute auf morgen verlassen worden sein musste, das Bettzeug lag zerwühlt auf dem Bett, und in der Toilette befand sich auf dem Waschbecken neben dem Klo eine aufgeschlagene Zeitung. Paul holte den Vogel ins Haus und schloss die Gardinen zur Straße. Der Kühlschrank lief und war gefüllt, die Lebensmittel allerdings bestanden nur noch aus vertrockneten Resten. Der Jahresaufdruck auf einigen Dosen ließ erahnen, dass das Haus schon seit einigen Jahren verlassen war. Wer bezahlte die Stromrechnung, die laufenden Kosten?

Paul ließ sich aufs Sofa fallen und legte die Füße auf den Wohnzimmertisch. Er zündete sich eine der Zigaretten an, die in einem Fußballpokal steckten. Ein geöffneter Brief lag auf dem Sofa. Paul las ihn:

Lieber Falk,
dies wird wahrscheinlich das Letzte sein, was Du von mir zu sehen bekommst.
Ich habe die Zeit mit Dir sehr genossen, es war vielleicht die schönste in meinem Leben. Wir haben einander viel Platz gelassen, und das genau war es, was ich mir so sehr gewünscht habe, jemanden zu finden, der mich nicht einengt, der mich so sein lässt, wie ich bin, und mich trotzdem immer wieder um sich haben möchte. Der mir ab und zu zeigt, dass er an mich denkt. Auch jemand, der mich begehrt. Der mich verführt. Du hast mir viel gegeben, ohne viel dafür zu verlangen.
Ich weiß, wir wollten nicht drüber reden, aber ich muss es einfach loswerden: Das Gefühl, die ewige Zweite zu sein, das kann ich auf Dauer doch nicht ertragen.
Du hast Deine Frau, und ich habe das Gefühl, als sei ich eine Art Nebenbeschäftigung für Dich. Dabei bist Du für mich viel mehr.
Ich könnte mir vorstellen, mit Dir zusammenzuleben.

Ich könnte mir vorstellen, mein Leben mit Dir zu teilen.
Da ich weiß, dass das nichts wird, werde ich gehen müssen.
Ich will nicht als Deine Geliebte an Deiner Seite unglücklich werden, lieber behalte ich unsere guten Stunden in zärtlicher Erinnerung. Ich werde die goldene Woche im Herbst in Venedig nie vergessen, nie die Nächte auf dem Wasser im Dunkeln, nie Dein betrunkenes Lachen und die Brennnesseln überall im Bett.
Du bist für immer in mir.
Marla

Paul legte den Brief zur Seite. Er war augenscheinlich in einer heimlichen Liebeshöhle gelandet, als verspäteter Zeuge eines Liebesdramas. Das wahrscheinlich schon längst beendet war. Ein schlechtes Ende gefunden hatte, so rechnete sich Paul zusammen. Vielleicht waren die beiden ehemaligen Bewohner schon tot. Warum sonst war hier alles unverändert geblieben? Er war in eine Zeitblase eingetreten, in der sich die Dinge von einem gewissen Moment an nicht mehr weiterentwickelt hatten. Es gibt keine einheitliche Zeit, dachte sich Paul. Es gibt nicht die eine verrinnende Zeit, die für alle gilt. Es gibt eine Zeit für jeden Einzelnen. Für jeden Gegenstand und jedes Lebewesen. Unendlich viele unterschiedliche Zeiten. Die Lebewesen erleben ihre eigene Zeit als das vorbeiziehende Leben. Die Zeit bemisst den Zustand des Körpers, in dem man sich bewegt. Wenn die Zeit abgelaufen ist, ist der Körper kaputt. Dafür ist Zeit da. Um den Zustand des Transporters anzuzeigen.

Die Zeiten von Marla und Falk waren abgelaufen. Verfrüht abgelaufen. Vielleicht gewaltsam beendet worden. Pauls Zeit war ebenfalls fast um. Er würde den Rest dazu verwenden, sich um seine unbeantworteten Fragen zu kümmern.

Paul verbrachte Tage in dem Bungalow. Saß am Wohnzimmertisch und las in seinem Tagebuch oder lief um ihn herum und dachte über sein Leben nach. Über die Wege, die er hatte beschreiten müssen und gegen die er sich nicht hatte wehren können. Immer wieder hatte er gehofft, er würde es irgendwann anders machen können, als es in ihm angelegt war, aber dann war es doch genauso gekommen, wie er es nicht gewollt hatte. Die Ketten, an denen bereits sein Vater gelegen hatte, schienen auch für ihn gemacht worden zu sein. Die Unsicherheit im Geiste über seine eigene Bestimmung. Die Schwäche gegenüber dem Alkohol. Der fehlende Antrieb, etwas wirklich verändern zu können. Das ewige Sichfallenlassen in den Strom des Seins, der ihn zäh mit sich trug, den Flusslauf herunter auf den großen Abgrund zu, wohin auch die meisten anderen trieben, weil sie ähnlich schwach und ratlos waren wie er. All das überblickte er und war doch nicht in der Lage, es zu verhindern. Warum eigentlich nicht?, fragte er sich.

21.6.1966
Was suchen wir Jungs eigentlich bei den Mädchen? Warum ziehen sie uns so an, wo wir doch mit ihnen nicht wirklich etwas zu tun haben wollen? Ich kann meine Blicke nicht von ihnen abwenden und erst recht meine Gedanken nicht. Ich muss immer an Frau Zucker denken und an das, was sie mit mir gemacht hat. Und daran, dass ich ihr flüsternd schwören musste, danach, dass ich nie auch nur ein Sterbenswörtchen davon verraten würde. Auch nicht aufschreiben würde. Ich Betrüger. Aber das wird ja niemand erfahren. Zumindest, bis ich weg bin von der Welt.
Ich würde es gerne wieder erleben.
Wird sie es wieder machen wollen? Bitte, lieber Gott, lass es noch einmal passieren, es war das Beste bis jetzt. Die Dunkelheit und der Atem und die Geräusche und unsere Körper und das Tasten und Schweigen. Und das Vertrauen in jemand vollkommen Fremdes. Für immer möchte ich in diesem dunklen All verschollen bleiben.
Katharina hat das, glaube ich, irgendwie gemerkt,

vielleicht rieche ich anders? Sie schaut mich seitdem anders an. Gestern bei der Probe hat sie mich ganz lange fixiert, sie hat mir direkt in die Augen geschaut oder mehr durch mich hindurch, ihr Blick war fern und doch in mich gerichtet. Ich konnte nichts machen, mich nicht wegdrehen, aber auch nicht auf sie zugehen. Ich wusste, dass ich mich ihr zeigen musste, dass ich mich ihr öffnen musste. Das ging lange, bestimmt eine Minute, vielleicht hat sie in mich hineingeschaut, um herauszufinden, wer ich wirklich bin? Irgendwie ist sie in mich hineingelangt, ich hab's gespürt.
Und dann habe ich auf einmal in etwas rundes Schwarzes gesehen. Ich wusste erst gar nicht, was das ist, aber dann habe ich einen Schritt rückwärts gemacht und gemerkt, dass das ein Pistolenlauf ist. Und der dreckige Keil stand vor mir und zielte auf mich, er hat mir den Lauf genau ins Gesicht gehalten und den Hahn gespannt. Frau Zucker hat nervös geschaut, aber sie hat ihn machen lassen, fürs Stück, hat sie wohl gedacht. Ich hab's aber ausgehalten und ihn ebenfalls fixiert, lange. Als es mir zu dumm wurde, habe ich ganz langsam den Zeigefinger in den Lauf gesteckt und ihn dabei weiter ruhig angeblickt. Ein paar Sekunden hat auch er probiert, in mich zu kommen, aber es ist ihm nicht gelungen, und dann hat er abgedrückt, und es war ganz leise im Raum, und man hat das Klicken ganz laut gehört, und alle haben zu uns hingeschaut, gebannt, ich bin ganz ruhig geblieben

und habe ihm immer weiter in die Augen geschaut und er mir, es war wie ein schweigender Kampf auf Leben und Tod. Und dann hat er schließlich gelacht und sich verbeugt zu den anderen im Raum, als wären sie das Publikum, und im Raum hat sich die Anspannung sofort aufgelöst, einige haben auch gelacht und applaudiert, als wenn wir beide eine ganz besonders gute Stelle des Stückes vorgespielt hätten, und Frau Zucker hat anerkennend genickt. Aber ich bin mir sicher: Alle haben sich gefragt, ob da wirklich etwas gewesen ist, etwas Tiefes und Bedrohliches, überall um sie herum. Und auch ich selber wusste es nicht so richtig. Was das bedeuten sollte. Und wer diesen Kampf gewonnen hat. Aber ich schätze, Keil, denn er hatte sich das alles ausgedacht. Und dann hat er mir auf die Schulter geklopft und leise gesagt: »Siehst du? Ist doch ganz einfach. Man muss dir nur ein bisschen helfen.« Und da hätte ich ihn schon wieder erschlagen können. Aber er hat mich nicht mal angeschaut, sondern ist einfach weggegangen und hat mich stehen lassen. Irgendwann werde ich seine Pistole mit einer echten Kugel durchladen. Und dann wird etwas anderes passieren als das, was er geplant hat!

23.6.1966

Frau Zucker lässt sich absolut nichts anmerken. Keine Art von Freundlichkeit oder Zugewandtheit.

Das macht mich traurig, dass sie mich nicht mal anlächelt, wenn niemand anderes in der Nähe ist. So als ob zwischen uns nie etwas gewesen wäre. Wie beherrscht Frauen sein können!
Oder: Vielleicht war sie es ja gar nicht, die da im Dunkeln zu mir gekommen ist. Vielleicht hat sie jemand anderen in den Raum gelassen? Vielleicht war es Katharina, die sie zu mir gelassen hat? Das würde auch erklären, warum Katharina sich so anders zu mir verhält. Sie hat Frau Zucker gebeten, dieses Spiel zu inszenieren, um mich zu verwirren. Oder um mich weiterzubringen. Oder um das Spiel zu vertiefen. Oder um mich noch besser kennenzulernen, wegen ihrer Rolle.
Hat sie mich gehabt, ohne dass ich es weiß? Woran könnte ich feststellen, mit welcher Frau ich im Dunkeln zusammen war? Gibt es etwas, das mir von ihr geblieben ist? Ein Haar, ein Stück Fingernagel, eine Spur vom Lippenstift? Ich habe einen ziemlich langen Kratzer an der Hüfte! Morgen werde ich schauen, wer von ihnen lange Fingernägel hat!

23.30 Uhr
Habe Papa ins Krankenhaus gebracht. Er lag vor der Küchentür in seiner Kotze. Weiß nicht, ob es was Ernsteres ist. Er muss erst ausnüchtern, und dann testen sie ihn durch. Vielleicht ist sein Herz kaputt. Wäre kein Wunder. Erst hatte ich kein Mitgefühl,

sondern nur Abscheu für ihn. Aber jetzt macht's mich traurig. So traurig, dass ich heulen könnte.
Dass für ihn alles umsonst war.
Und dass er das weiß, die Uhr nicht zurückdrehen kann. Es ist definitiv zu spät.
Ich bin seine einzige Hoffnung.
Hätte den Arzt gerne gefragt, ob er meine Gene testen kann. Ob ich auch so werden muss. Und was ich überhaupt werden muss. Ob er mir nicht sagen kann, was aus mir werden wird. Ob ich auch so schäbig leben und enden muss. Oder ob ich eine Chance habe, anders zu werden. Wer kann mir das sagen? Damit ich weiß, ob es sich überhaupt lohnt weiterzumachen …

24. 6. 1966

War in der Klasse echt darauf gespannt, Katharinas Hände zu sehen! Es war, wie ich erwartet hatte: Natürlich hat sie keine langen Fingernägel. Das würde auch echt nicht zu ihr passen.
Habe dann die ganze Zeit darauf gewartet, Frau Zuckers Hände zu sehen. Habe sie in der Pause auf dem Gang gesehen, da hatte sie aber die Hände in den Jackentaschen. Bin ihr hinterhergegangen. Sie hat auf dem Hinterhof eine Zigarette geraucht. Ich bin zum Flurfenster und habe sie beobachtet. Irgendwann habe ich's gesehen: Sie hat auch kurze Fingernägel! Ich war echt enttäuscht. Also war sie es auch

nicht? Oder hat sich eine von beiden die Nägel geschnitten? Ich kann sie beide nicht fragen. Das macht mich rasend, diese Unklarheit. Dieses Gefühl, dass mit mir gespielt wird. Nicht nur in der Probe, sondern im wirklichen Leben. Dass das alles nur ein Spiel ist. Dass das alles vielleicht eine Inszenierung von diesem verdammten Keil ist. Dass er sich das alles ausgedacht hat und die Fäden in der Hand hält und mich über die Bühne irren lässt und feixend hinter dem Vorhang steht und sich freut, dass ich ihm nicht draufkomme und so dumm bin und so manipulierbar. Und er ist der große Regisseur und der große Schreiber und hat sich das ganze Stück ausgedacht, und alle machen, was er will.
Aber ich will alles dransetzen, das Spiel umzudrehen. Ich muss nur einen Schritt weiter denken als er! Einen Schritt nur, und dann bin ich am Zug!

25.6.1966
Manchmal frage ich mich, ob das Ganze vielleicht nur ein Test ist mit mir als Testfigur. Und alle anderen Lebewesen sind Maschinen. Um zu testen, ob so etwas Absurdes wie ich überhaupt überleben kann. Da gibt es eine höhere Spezies, die forscht und Experimente macht. Und die haben mich konstruiert. Oder besser: gezüchtet. Ich bin ein Bioexperiment von denen. Es gibt niemanden sonst wie mich. Nirgendwo im Universum. Sie haben einen Riesenaufwand be-

trieben und eine ganze Welt um mich herumgebaut. Und immer, wenn ich mich nähere, setzt sich alles, also die ganze Maschinerie, in Bewegung und macht auf normal und spielt mir Leben und Alltag vor. Aber sobald ich um die Ecke bin, bleibt alles stehen, um Strom zu sparen. Menschen und Tiere frieren sofort in ihren Bewegungen ein, Maschinen und Motoren und Autos und so bleiben einfach stehen, alles hört einfach auf, weil die höhere Spezies Energie sparen muss und das Experiment sowieso schon viel zu teuer ist. Aber da, wo ich hingehe, da läuft immer alles. Und alles, was passiert, sind immer neue Tests von denen, um zu schauen, ob ich die bestehen kann. Sachen wie Schule, Beruf, Frauen, Essen, Unfälle, Verletzungen, Streit, Gewalt und so. Von oben sehen sie zu, wie ich mich abmühe und versuche, mit dem Leben zurechtzukommen, das sie sich ausgedacht haben, das es aber gar nicht gibt.

Und wenn ich mich bewähren sollte, dann würden sie tatsächlich eine Welt wie meine Testwelt bauen, mit echten Leuten und echtem Alltag und allem. Aber wenn ich mich vorher umbringen sollte oder wenn ich verrückt werde oder so, dann brechen sie das Experiment ab. Dann war das alles umsonst. Der ganze Scheißaufwand. Und die ganzen außerirdischen Steuergelder, die dabei verschwendet wurden. Und wenn ich sie durchschaue, dann wird der Vorgesetzte bestraft. Dann verliert der seinen Posten und wird ar-

beitslos. Und vielleicht verlässt ihn dann seine violette Frau mit den sechs Augen, und er bringt sich um, wenn es so was wie Tod bei denen überhaupt gibt. Natürlich lastet die ganze Verantwortung für das Experiment und alles, was daraus wird, auf mir. Und die spür ich manchmal, und dann wird mir ganz anders. Weil mir das eigentlich zu viel ist. Und weil ich es nicht korrekt finde, dass man mich nicht gefragt hat. Ob ich an dem Experiment teilnehmen möchte. Ich hätte mich ja bereit erklärt. Ich verstehe ja deren Interesse an dem Experiment. Aber die Verantwortung ist mir eigentlich zu groß. Wenn hier noch ein paar andere wie ich wären, aus Fleisch und Blut, mit einer Seele. Aber so? Mit nur Maschinen um mich herum? Vielleicht bringe ich mich um, um denen einen Strich durch ihre perfide Rechnung zu machen! Ich will kein Test sein! Ich wünschte, alles wäre echt.

Komisch, dachte sich Paul, das Gefühl hatte er immer noch. Dass alles nicht echt war. Dass alle anderen Maschinen sein könnten. Dass alles nur ein Test war. Ein Test, der jederzeit aufhören könnte. Oder abgebrochen würde. Weil er, Paul Z., augenscheinlich versagt hatte. Weil aus ihm, Paul Z., nichts geworden war, das die Hoffnung der Höheren gerechtfertigt hatte. Ein altes Wrack, das von der Spur abgekommen war.

Dass er dieses Gefühl immer noch hatte, ließ ihn

sich fragen, ob er nicht ein psychisches Problem hatte. Ob er nicht vielleicht Autist wäre. Oder ob das Ganze nicht der Traum eines Unfallopfers sein könnte, das seit zwanzig Jahren auf der Hirntotenstation vor sich hinträumte. Mein Leben ist der Traum eines Hirntoten.

Klang gut als Entschuldigung für fast alles.

Paul fuhr immer wieder spätnachts mit dem Auto durch die Gegend. Ließ sich über die Landstraßen treiben und fuhr in kleinere dänische Orte, in denen meist alles schlief und absolut kein Leben zu sehen war. Manchmal saß er stundenlang auf irgendeinem verlassenen Parkplatz in seinem Auto herum und rauchte schweigend.

An einem nebeligen Montagmorgen um zwei Uhr entdeckte er in Ribe, einer kleinen dänischen Stadt, in einer Seitenstraße hinter dem Marktplatz einen Waffen- und Jagdladen. Er parkte seinen Wagen ein paar Meter weiter, ging langsam zurück und trat vor die Schaufensterauslage. Unterschiedlichste Utensilien waren hier ausgestellt – Jagdmesser, Wurfsterne, Pistolen und Gewehre, jede Menge Gotcha-Waffen, CS-Gasdosen, Militarykleidung und auch Angelausrüstung. Auf dem Fenstersims standen mehrere Packungen Munition. Paul sah sein Spiegelbild in der dunklen Scheibe, und das schmale Lächeln erschien wieder auf seinen Lippen. Er holte sich aus einer Hofeinfahrt einen schweren Stein, der bestimmt fünfzehn Kilo wog, und schleppte ihn zur Auslage. Er blickte sich um, es war niemand zu sehen, alle Fenster in den umliegenden Häusern waren dunkel. Mit einem kurzen Anlauf wuchtete er den Stein gegen die Scheibe, es erklang ein unangenehm lautes Geräusch, als würde eine große, dumpfe Glocke geschlagen, dann fiel der Stein zu Boden. Das Fenster war vollkommen unversehrt. Nicht mal ein Kratzer war zu sehen. Erneut hob er den Stein an und nahm Anlauf. In einigen Häusern war das Licht angegangen. Der Stein prallte mit einem noch eindrucksvolleren Geräusch von der Scheibe ab. Das Fenster eines Hauses öffnete sich, und ein Mann schrie etwas auf Dänisch durch die Straße, was in Pauls Ohren zugleich aggressiv und albern klang. Er hob ein drittes Mal den Stein, sein Puls ging mittlerweile wie wild, er schwitzte so sehr, dass ihm der Stein fast aus den Händen rutschte, nahm einen noch weiteren Anlauf, konzentrierte sich darauf, auf genau die gleiche Stelle zu zielen, lief und schleuderte den Stein. Mit einem ohrenbetäubenden Schlag zerbarst die Scheibe und brach in Tausende Splitter, die auf Paul hinabregneten und wie Geschosse durch die Gegend flogen, die rechte Seite des Glases fiel als Ganzes heraus und zerbrach auf dem Bürgersteig. Paul war wie betäubt, die Straße lag totenstill da, er musste sich innerlich wach rütteln, griff dann in die Auslage, schnappte sich ein Buschmesser, ein Jagdgewehr, zwei Faustfeuerwaffen, einige Packungen Munition, eine kleine Armbrust und ein paar Pfeile und eine Gesichtsmaske. Mit vollen Armen rannte er zu seinem Wagen, es waren bereits einige Männer aus den Häusern gekommen, sie stürmten auf ihn zu, er warf alles auf den Beifahrersitz und preschte mit Vollgas und quietschenden Reifen davon. Durch die geöffneten Scheiben hörte er den Lärm näher kommender Sirenen und ärgerte sich über sich selber. Er schaltete das Licht des Wagens aus und fuhr mit hoher Geschwindigkeit über Seitenstraßen, versuchte dem Polizeilärm zu entkommen, aber ein Wagen war ihm gefolgt, zumindest sah er im Rückspiegel immer wieder ein Licht aufblitzen. Irgendwann am Ende einer dieser kleinen Straßen kam er zu einem breiten Feldweg, der einen sanften langen Hügel hinaufführte. Der Nebel lag unter ihm, und der fast volle Mond beschien die Landschaft matt. Paul drückte das Gaspedal durch und drang röhrend in die Felder ein. Er schoss ohne Scheinwerferlicht dahin, nachts, im Mondschein, über das freie Feld, das berauschte ihn, und ohne eine Ahnung zu haben, wohin der Weg ihn führen würde, folgte er den Windungen und Kurven des Feldweges. Der Wagen hinter ihm holte langsam auf, immer öfter sah Paul die Scheinwerfer auftauchen, und auch das Blinklicht war jetzt deutlich zu erkennen. Eine Mischung aus Angst und Glück durchpulste ihn, etwas Elementares lag in dieser Situation, etwas, das ihn ganz ausfüllte und das er so schon lange nicht mehr gespürt hatte. Er griff mit der rechten Hand zwischen die Waffen neben sich und überlegte, ob er stoppen und sich dem Kampf stellen sollte. Dabei wusste er nicht, ob die Munition überhaupt echt war und wie die Waffen funktionierten. Hinter einer scharfen Kurve riss er das Steuer jäh herum und bog in einen Waldweg ein, in dem es sehr dunkel wurde ohne das Licht des Mondes. Der Weg zog sich über eine starke Linkskurve hinab, und während Paul schaltete, erklang auf einmal ein schnarrendes Geräusch im Wagen, das sich permanent wiederholte. Paul tastete mit der rechten Hand in Richtung des Geräuschs und beugte sich für einen Moment nach rechts, im nächsten Moment raste er über den Rand des Weges hinaus und flog mit aufheulendem Motor mehrere Meter durch die Luft, sauber zwischen den Bäumen hindurch, das Mondlicht schien ihm durch die Zweige und Äste still ins Gesicht, und er wunderte und freute sich zugleich und fühlte sich innerlich ganz entspannt.

Dann drehte sich der Wagen im Flug und schlug mit dem Dach auf dem Waldboden auf und schlitterte weiter, Paul sah Bäume auf sich zu- und an sich vorbeirasen, und immer noch wunderte er sich und lächelte dabei, und der Wagen kippte noch einmal weg, landete auf der Seite und wurde immer langsamer. Als er stehen blieb, war auch der Motor abgestorben, und in der plötzlichen Stille der Nacht schnarrte einsam das

Geräusch vor sich hin. Es war das Autotelefon. Über Paul, oben auf dem Waldweg, raste das dänische Polizeiauto an ihm vorbei und weiter und immer weiter, bis die Sirene nicht mehr zu hören war. Paul spuckte etwas Blut, ein kehliger Lacher brach aus ihm heraus, als wenn ihm etwas im Hals stecken geblieben wäre, dann griff er das Telefon und hielt sich den Hörer ans Ohr.

»Hallo?«

»He, Paul, alte Hundelunge, hier is Pocke, wie geht's, wie steht's, wo biste?«

Paul musste erneut lachen. »Moment.« Umständlich versuchte er sich aus dem Gurt zu befreien, schließlich stand er aufrecht, mit den Füßen auf dem Waldboden, der Wagen lag auf der Seite um ihn herum.

»Hallo, Pocke, ich steh in deinem Wagen, in einem Wald, in Dänemark.«

»Du stehst im Wagen?«

»Na ja, als du mich angerufen hast, hatte ich grade 'ne Art Verfolgungsjagd mit der Polizei, und als es geklingelt hat, hab ich mich zur Seite gebeugt und bin vom Weg abgekommen, und nu liegt der Wagen auf der Seite, und ich steh drinnen …«

Am anderen Ende der Leitung war es für einen Moment ganz ruhig.

»…ahhhh hahahaha, nicht schlecht, alles klar.«

»Nein, wirklich, ich spinn nicht rum.«

»Hahaha ...«

»Pocke, is kein Witz. ES IST KEIN WITZ! Der Wagen ist kaputt und ich auch.«

»Ja, aber ... hast du dir was getan? Und was is mit dem Wagen?«

Paul sah an sich herunter, seine Hände waren voller Blut, mehr konnte er im Dunkeln nicht erkennen.

»Ich hab was abbekommen und der Wagen sicherlich auch, ich kann aber noch nicht sagen, wie viel.«

»Gott, das is ja schrecklich ... Der Wagen bedeutet mir viel.«

»Danke, Pocke, charmant, charmant!«

»Isser denn total im Eimer?«

»Nee, sieht nicht so aus. Wo bist du eigentlich?«

»Tja, meine Reise ist vorbei, bin mein Geld leider losgeworden, in kürzester Zeit.«

»Was?«

»Erzähl ich dir später, bin zurück in Deutschland, hab nur noch 'n paar Mark.«

»Euro.«

»Jaja, egal, wo bist du, ich brauch den Wagen wieder.«

»Ich bin wie gesagt in Dänemark, im Wald, der Wagen liegt auf der Seite, ich bin verletzt.«

»Bitte versuch ihn wieder hinzukriegen, ja, Paul? Bitte komm zurück mit dem Wagen.«

»Ich will's gerne versuchen, aber versprechen kann ich nichts.«

»Können wir uns irgendwo treffen?«

»Ich muss erst mit dieser Situation hier fertigwerden, ich melde mich später bei dir zurück, okay?«

»Is okay Paul, meld dich!«

Dann versuchte Paul aus dem Wagen zu klettern, schaffte es aber nicht. Schließlich begann er das Fahrzeug hin und her zu schwingen, und plötzlich kippte der Wagen langsam, aber mit Wucht zurück auf seine Räder. Im Mondlicht ging Paul um ihn herum, auf dem Dach waren einige tiefe Kratzer im Lack, die Seite, auf der er liegen geblieben war, war eingedrückt und ein Frontscheinwerfer zerstört. Paul drehte den Zündschlüssel, um das Licht anzumachen, der nicht zerstörte Scheinwerfer funktionierte.

Paul sah an sich hinab. Die Glasscheibe des Waffenladens hatte Löcher in seiner Kleidung hinterlassen, die schmerzenden Stellen an seinem Körper ließen auf Schnittwunden schließen. Ansonsten fühlte er sich erstaunlich gut, fast schon frisch und aufgeladen. Er drehte den Wagenschlüssel in die nächste Position, der Motor sprang sofort an.

Paul fuhr zu dem Ferienhaus, in dem der Vogel auf ihn wartete, zurück. Vor dem Spiegel zog er sich aus und begutachtete die vielen kleinen Schnitte, die über seinen Körper verteilt waren, er musste Glassplitter aus einigen Wunden entfernen. Er wusch erst sich und dann den Wagen. Anschließend inspizierte er die Beute aus seinem Überfall. Enttäuscht musste er feststellen: alles Attrappen. Reine Ausstellungsstücke für das Schaufenster. Die ganze Aktion war umsonst gewesen.

Schließlich rief er Pocke an.

»Hör mal, Pocke, wie wäre es, wenn wir uns in einigen Tagen an der Nordsee treffen würden, was hältst du davon?«

»Wäre denkbar.«

»Kennst du Sankt Peter?«

»Klar. Wir treffen uns dort im Casino, okay?«

»Ja, sagen wir in drei Tagen.«

»In drei Tagen, abgemacht, also, sieh zu!«

»Sieh zu!«

Paul legte sich auf das Sofa im Wohnzimmer des Bungalows und schloss die Augen.

28. 6. 1966

Ich frage mich immer wieder, wer das hier wohl mal lesen wird. Schreibt man Tagebücher tatsächlich nur für sich selber? Im Leben nicht, glaub ich! Die ganzen Genies, die Tagebücher hinterlassen haben, die wussten doch ganz genau, was sie da taten und was sie schrieben. Die haben bloß vor dem Tagebuch so getan, als wenn es ganz intim und an sie selbst gerichtet wäre, aber die wussten genau, dass sich die Welt später darüberbeugen würde, und haben jedes Wort total genau bedacht. Und das tu ich auch, aber ohne das blöde Versteckspiel, ich rechne das gleich mit rein, dass das hier auch jemand anderes lesen wird, vielleicht auch ein größeres Publikum, kommt ganz drauf an, was aus mir wird, ist ja alles noch offen, all die ganz großen Möglichkeiten liegen vor mir – und Sie, lieber Leser aus der fernen Zukunft, haben den Vorteil zu wissen, welche ich ergriffen haben werde, weil Sie ja in der fernen Zukunft leben und auf mein Leben zurückschauen. Wie gerne wäre ich jetzt in Ihrer Position und würde das auch wissen, ich bin so gespannt auf das große Geschenk, das ich auspacken darf!

Paul legte das Tagebuch für einen Moment zur Seite. Er war der einzige Leser seines Tagebuches geblieben und – soweit er das beurteilen konnte – würde auch der einzige bleiben, weil er keinen Anlass dafür geliefert hatte, dass jemand anderes dieses Tagebuch jemals lesen sollte. Er musste an seinen Vater denken und daran, wie er ihn verachtet hatte, für die jämmerliche Gestalt, die er für Paul abgegeben hatte. Er war froh, selbst keine Kinder zu haben. Die Vorstellung, sich jetzt in seinem Alter mit einem Jugendlichen herumschlagen zu müssen, der womöglich ihn, Paul, verachten könnte, war ihm ein Graus. Obwohl er sich, streng genommen, ja mit einem Jugendlichen herumschlug:

Aber vielleicht werde ja doch nur ich es sein, der später in diesen Seiten blättert.
Ich hoffe, du bist so geworden, wie ich es mir jetzt wünsche. Wie wünsche ich mir dich in der Zukunft? Körperlich nicht abgewrackt, sondern zumindest halbwegs trainiert. Natürlich belesen und schlau und mit guter Sprache. Die Frauen laufen dir hinterher, aber du brauchst keine feste. Du wirst hoffentlich einen coolen Beruf haben, vielleicht was mit Kunst und Musik, oder vielleicht bist du Gärtner von wilden Landschaften, oder vielleicht lebst du auch mit wilden Tieren zusammen, und sie respektieren dich als einen der ihren. Vielleicht bist du auch einfach nur reich. Ja, genau, du bist durch einen glücklichen Zufall sehr reich geworden. Niemand hat dir was zu sagen. Die Zinsen von deinem Reichtum schenkst du dir bekannten Armen, dadurch bist du allseits beliebt. Nur bei den Reichen nicht, mit denen gibst du dich nicht ab. Und ich könnte mir vorstellen, dass du ein Motorrad fährst oder einen alten schicken Sportwagen.

»Na ja, das meiste ist nicht eingetreten«, sagte Paul, »aber in diesem Punkt darf ich dich beruhigen.«

Narben solltest du auch haben, aber nur vorne, so wie Alexis Sorbas, der ist nie weggelaufen, deswegen ist die Haut auf seinem Rücken ganz glatt.
Du redest nie viel, schweigst eher, bist eher für dich allein, es werden sowieso zu viele Worte verschwendet in der Welt.

»Stimmt, das passt auch. Wenn man das Unheil abziehen könnte, das durch die Verschwendung zu vieler Worte ausgelöst wird, wäre die Welt ein nur halb so schlechter Ort. Wir verstehen uns immer noch ganz gut.«

Und du bist nicht abhängig von irgendeiner Scheißdroge oder vom Suff! Niemals darfst du so jämmerlich werden wie er!

»Bin ich auch nicht. Aber, weißt du, er konnte nix dafür. Er war zu schwach, und zu Hause, als Kind, hat er nichts mitbekommen außer Kälte und Abweisung von den verdammten Nazis, verstehst du, das waren noch waschechte Nazis, seine Alten, an denen war so gut wie nichts okay, die waren vollkommen kaputt, die haben ihm als einziges Erbe ihre vollkommene innere Kälte hinterlassen. Du solltest ihm verzeihen.«

Ich hoffe sehr, dass ich die Kraft habe, dich so werden zu lassen, wie ich es mir jetzt vorstelle. Dass ich stärker bin als das Schicksal und die Vorsehung, als äußere Einflüsse und schlechte Bedingungen. Mit dir werde ich den Beweis antreten, dass man als Mensch Herr seines eigenen Schicksals ist!

»Hahahahahaha! Grad wirkt es so, als wäre ich dein Kind und als hättest du mich erzeugt. Dabei ist es genau umgekehrt, du bist siebzehn, und ich bin siebenundsechzig – das ist wirklich bizarr!«

30. 6. 1966
Ich bin so einsam. Vater ist immer noch im Krankenhaus, sie wollen ihn nicht rauslassen, irgendwas ist mit seiner Leber. Ich kann ihn da nicht besuchen, ich halte es dort nicht aus. Dieses Sterbezentrum mit all den verblühten Hoffnungen. Im Aufzug lag ein Mann in einem Rollbett. Alt, graue Haare. Vielleicht Krebs? Sie haben ihn dort vergessen. Er guckte an die Aufzugdecke, er hatte ein erschrockenes Gesicht, obwohl er ganz ruhig war. Als ich nach einer Stunde wieder runtergefahren bin, lag er immer noch da. Mit genau dem gleichen Gesichtsausdruck. Der Aufzug roch nach Tod. Zumindest so, wie ich mir vorstelle, wie Tod riecht. Fahrstuhl zum Schafott.

Ich wünschte mir, Katharina wäre hier. Ich werde sie zu mir einladen. Sie soll sehen, wie ich lebe. Ich weiß bloß nicht, wie ich das anstellen soll. Ich will kein Bittsteller sein, sie muss es von sich aus wollen. Vielleicht sollte ich ihr einen Brief mit einer förmlichen Einladung schicken? Ja, das gefällt mir.

Wertes Fräulein Himmelfahrt,
Sie sind hiermit förmlich eingeladen
zur Verbringung eines festlichen Abends
im Hause X
mit eingewobener Vorstellung,
einem Schattendinner
und dem Ablesen der Wünsche von Ihren grauen Augen.
Ich bin kein Fremder, aber auch kein Naher,
lassen Sie sich überraschen,
Hochachtungsvoll – X
(jemand, der sich bald entblättern wird)

PS: Wenn Sie zusagen wollen, so tragen Sie als Zeichen bitte in den nächsten Tagen eine gelbe Blume im Haar, ich werde mich dann zu erkennen geben.
Nochmals – herzlichst – X

2.7.1966

Habe den Brief in der Garage hinter der Schule in ein kleines Metallrohr gesteckt, das unter dem Dach aus der Mauer schaut, hinten in der Ecke, ganz im Dunkeln.

Dann hab ich Katharina nach der Theaterprobe, als sie noch am Duschen war, einen kleinen Zettel in ihre Tasche gesteckt, mit nichts drauf als dem Plan, der sie zu dem Versteck von dem anderen Zettel führt. Habe auch meinen Namen nicht draufgeschrieben, nur ein winziges Herz, so klein, dass man es kaum sehen konnte. Jetzt warte ich ab, ob sie es findet. Und ob sie eine Blume im Haar tragen wird.
Bitte!

4.7.1966
Keine Blume im Haar.
Habe auf nichts anderes gewartet, als dass sie eine Blume im Haar hat. Hatte sie nicht. Hat sich auch sonst mir gegenüber völlig normal benommen.
Schade. Öder Tag.

5.7.1966
Keine Blume im Haar.
Vielleicht hat sie den Brief nicht gefunden? Oder jemand anderes hat ihn weggenommen? Vielleicht der verdammte Keil?

6.7.1966
Keine Blume im Haar.
Jetzt müsste sie ihn längst haben. Ich rechne mit nichts mehr. Das war es also.

7.7.1966
War am Rohr und habe geguckt: Der Brief war weg! Und es steckte ein anderer Zettel im Rohr!

Paul blätterte um. In das Tagebuch war ein zusammengefalteter Zettel eingeklebt. Paul löste ihn wie ein altertümliches Pergament vorsichtig aus dem Heft und faltete ihn auseinander. Mit dunkelblauem Füller stand dort geschrieben:

Lieber P.,
ich mag keine Blumen im Haar! Aber ich mag Dich. Und Deine Ideen! Und ich möchte gerne zu Dir nach Hause kommen. Schreib mir einen kleinen Zettel mit dem Zeitpunkt, zu dem ich kommen soll, und leg ihn in dieses Rohr.
Es soll unser geheimer Briefkasten sein!
Ich freu mich, Dich zu sehen.
K.

Ohne es zu wollen, errötete Paul zum zweiten Mal in seinem Leben beim Lesen des Briefs, viele Jahre später. Und die Aufregung von damals ergriff ihn wieder, jetzt, wo er diesen Zettel in den Händen hielt, den er längst vergessen hatte, dessen Form, Schrift, Aussehen aber damals so tief in ihn eingedrungen waren. Wie konnte er diesen Zettel bloß vergessen haben? Wie konnte er all die Briefe vergessen haben, die sie sich geschrieben hatten? Er roch an ihm, aber der Geruch, den er erwartet hatte, war verflogen. Sein Gehirn allerdings hatte diesen speziellen Geruch immer noch gespeichert.

Sie hat meinen Brief gelesen und sofort gewusst, dass er von mir ist! Peinlich! Aber irgendwie auch schön, dass sie mich trotzdem sehen will. Ich werde sie am Freitagabend zu mir einladen.
Hoffentlich ist Vater dann noch im Krankenhaus.
Ich Schwein.
Aber das ist es tatsächlich, was ich empfinde.
Was für ein egoistisches Monstrum ich bin.
Ich weiß bloß nicht genau, was ich dann mit ihr machen soll, ich muss ihr ja irgendwas bieten, etwas, das sie wirklich beeindruckt. Etwas, das sie sich für mich entscheiden lässt. Vielleicht lerne ich ein tolles Gedicht auswendig. Oder ich schreibe eines. Oder ich spiele ihr eine Szene vor. Oder ich koche ihr ein tolles Essen. Oder ich singe ihr ein selbst geschriebenes Lied vor.
Irgendetwas muss ich parat haben.

Paul packte am nächsten Morgen noch in der Dunkelheit alles ins Auto, was er brauchen konnte. Glücklicherweise hatte er in einem Schrank Kleidung gefunden, die ihm einigermaßen passte, die eigene blutbesudelte verbrannte er. Vor dem Spiegel begutachtete er sich, er trug eine beigefarbene, knielange Bundfaltenhose mit hellbraunem Ledergürtel und ein türkisfarbenes, kurzärmeliges Oberhemd mit Entenapplikation auf der Brust, dazu weiße Socken und Ledersandalen. Auch ein beigefarbenes, sackartiges Blouson hatte er sich mitgenommen. Der perfekte Rentner. Die vollkommene Unauffälligkeit. Das durch die Kleidung signalisierte freiwillige Ende von allem.

Paul bugsierte den Vogel mitsamt Käfig auf die Rückbank. Er hatte versucht, das Blech des Wagens so gut wie möglich wieder in Form zu biegen, sodass der Wagen nicht auffiel, und vor allem, um Pocke nicht so zu erschrecken.

Als die Sonne aufging, fuhr er los. Auf den Landstraßen war wenig Berufsverkehr, einmal kam er hinter einem Polizeiwagen an einer Kreuzung zu stehen, aber das war bereits in Deutschland, Paul blieb ruhig und entspannt. Zwei Stunden später, am frühen Morgen, erreichte er Sankt Peter-Ording.

Er parkte den Wagen am Rand der Stadt und ging den Rest gemächlich zu Fuß. Straßen mit Einfamilienhäusern säumten seinen Weg, roter Klinker, gelber Klinker, flache Dächer, einige neu gedeckt mit hochglänzenden blauen oder grünen Pfannen, niedrige Hecken, kleine Vorgärten, Kiefern, Mittelklassewagen auf Kieswegen, Kinderfahrräder, Hundehütten, alles vollkommen austauschbar. Kein Mensch auf der Straße. Je länger er suchte, desto sicherer wurde er sich: Hier gab es kein Casino. Hier gab es ja nicht mal eine richtige Innenstadt. Restaurants, Daddelhallen, Supermärkte, all das schon, aber ganz sicher kein Casino. Er wanderte durch die weiten Salzwiesen bis zum Strand, der sich groß und einsam vor ihm erstreckte. Auf dem Trockenen, ein paar Meter neben ihm, lag ein toter Seehund. Er konnte noch nicht lange tot sein, denn seine Augen waren geöffnet und feucht. Paul näherte sich ihm vorsichtig, aber das Tier bewegte sich keinen Millimeter mehr. Erstaunlicher Moment, wenn das Leben aufhört, dachte Paul. Alles an dem Objekt ist genauso wie vorher, nur der Funke fehlt. Warum geht der Funke? Weil das System einen Fehler hat. Der Funke braucht ein fehlerfreies System. Er sah auf seinen Händen die ersten Altersflecken. Andeutungen. Drohungen.

Immer nur ausgeliefert, der Geburt, der Sexualität, dem Verfall, dem Tod, ein einziger Zwang, es ist doch echt zum Kotzen. Er drehte den schweren, etwas glitschigen Körper des Seehundes mit der Schnauze Richtung Meer.

»Damit du dein Zuhause sehen kannst.«

Später ging er wieder in den Ort, um in der Touristeninformation nach dem nächsten Casino zu fragen. In der Nähe der Promenade entdeckte er einen kleinen Spielsalon mit rotem Leuchtschild, auf dem stand »Berni Casino«, das »s« musste die Zeit abgewaschen haben. Paul näherte sich und legte seinen Kopf an die Scheibe, im Halbdunkel sah er einige Automaten an den Wänden und davor zwei kauernde Gestalten. Er betrat den Raum und wurde sofort eingesogen in eine weiche Wolke aus Zigarettenrauch und Staub. Es war sehr still, nur ab und zu spuckten die Automaten aufmunternde Geräusche aus, die wohl die Spieler animieren sollten, um sie nicht vollkommen in ihren steinernen Rausch abgleiten zu lassen. Im Hintergrund war ein winziger verglaster Kassenstand zu sehen, in dem eine Frau mit gesenktem Kopf saß. Vielleicht schlief sie? Vorsichtig näherte sich Paul den Spielern, deren beide Köpfe wie Bergspitzen umgeben waren von dichtem Zigarettenrauch.

»Gibtsnich, gibtsnich, gibtsnich …«, wiederholte der eine immer wieder. Der andere schwieg, nur der Daumen der rechten Hand bewegte sich manchmal kurz, um den Button am Automaten zu drücken. Paul trat von der Seite an die beiden heran. Der eine hatte ein hageres, eingefallenes Gesicht, das irgendwie nach innen gewachsen zu sein schien, der Zweite, im Hintergrund, war Pocke.

Paul legte ihm die Hand auf die Schulter. Pocke richtete sich auf, sah sich aber nicht um.

»Mensch, Paul, det is ja 'n Ding, hab hier schon lange auf dich gewartet, schön, dich zu sehen!«

»Schön ebenfalls, dich zu sehen, Pocke!«

»Jaja, is ja gut, ich dreh mich ja gleich um, geht nur grade nicht, bin sofort fertig ...«

Auf Pockes Automat pulsierten Lichtsäulen in immer schnellerem Tempo zu pluckernden Sounds, bis Pocke seine flache Hand auf einen der Buttons krachen ließ.

»Paulchen, du bringst echt Pech mit dir, so 'nen Bonus kann man eigentlich gar nicht verhauen, aber jetzt, wo du da bist, schon ...«

Langsam drehte sich Pocke um. Sein Gesicht wirkte aufgeschwemmter als vorher, zerfahrener, seine ganze Gestalt machte einen leicht verwahrlosten Eindruck auf Paul.

»Paulchen, Paulchen, mein einziger Paul. Du siehst ja lustig aus, du, sach ma, wie siehst du denn aus? Haha, wie 'n echter Opa siehst du aus!«

»Is ja gut, es gab halt nix anderes, alles andere war durch.«

Sie umarmten sich kurz und steif.

»Haha, na ja, macht dich etwas erwachsener, hat also auch sein Gutes. Und, wie geht's dir, was machst du?«

»Ich hab nicht viel gemacht, hab nachgedacht, gelebt, gelesen, lauter so Sachen halt. War 'ne Weile in Dänemark.«

»Aha. Und wovon hast du gelebt?«

Paul überlegte kurz. Dann schaute er Pocke an und sagte leise:

»Von Einbrüchen.«

»Was?«

»Von Einbrüchen.«

»Hä?«

»Ich hab mich entschieden, auf der anderen Seite zu arbeiten.«

Pocke musterte Paul mit einem leichten Lächeln in den Augenwinkeln, so als würde er ihn prüfen.

»Ach, der Herr hat die Gesellschaft gewechselt. Na denn, prost Mahlzeit. Und das mit meinem Wagen.«

»Du hast ihn mir mitgegeben. Hätte ich ihn wegstellen sollen? Dass ich ’nen Unfall gebaut habe, lag nur daran, dass du mich just in dem Augenblick angerufen hast, als die Polizei hinter mir her war. Wieso rufst du auch mitten in der Nacht an?«

»Ich sag ja gar nichts, komm wieder runter, mein Freund.«

Pocke zündete sich noch eine Zigarette an.

»Das Problem ist: Jetzt brauch ich den Wagen wieder.«

»Du meinst, du holst hier jetzt den Wagen ab und fährst weg?«

»Ja, eigentlich ja.«

»Aha. Und wohin willst du?«

»Ich muss den Wagen verkaufen, weil ich kein Geld mehr habe.«

»In dem Zustand kriegst du nicht mehr viel dafür, ich sag's dir.«

Pocke sackte in sich zusammen und blickte ins Leere. »Mein schöner Wagen. Mein schöner alter Wagen.«

»Es tut mir ja auch leid, aber ich kann es nicht rückgängig machen. Pocke, wir könnten uns zusammentun. Dann sind wir stärker.«

»Für was?«

»Fürs Überleben.«

»Du willst, dass ich auch die Gesellschaft wechsle?«

»Du brauchst doch gar nicht zu wechseln. In welcher Gesellschaft bist du denn jetzt? In besonders guter?« Paul sah zu dem Typen mit dem eingefallenen Gesicht rüber.

Pocke folgte seinem Blick und musterte den anderen unverhohlen. Leiser sprach er weiter: »Hör ma, ich bin kein Krimineller.«

»Musst du doch auch gar nicht sein. Aber wo willst du jetzt hin? Hast du Verwandtschaft, Freunde, irgendein Ziel?«

»Nein.«

»Also – wohin willst du?«

»Keine Ahnung, weiß noch nicht.«

»Und glaubst du, dass es irgendjemanden in diesem Land gibt, der auf dich wartet?«

»Was?«

»Auf einen fetten alten Wirt ohne Kneipe. Ohne sonst was. Wer wartet denn auf dich?«

»Grade jetzt … niemand.«

»Ich mein ja nur. Bei mir ist es ja genauso. Auf mich wartet auch keiner. Und ich habe das Leben nicht mehr vor mir, im Gegenteil, es ist fast vorbei.«

»Ach was.«

»Na ja, und wenn wir uns zusammentun und uns nehmen, was wir brauchen, haben wir 'ne bessere Chance und vielleicht sogar noch 'n bisschen Spaß dabei. Die paar Tage oder Wochen, bis das Spiel rum ist …«

Pocke sah Paul mit leicht belustigtem Blick an.

»Hör ma, wir kennen uns kaum, aber vielleicht hast du recht – warum sollten wir zwei nicht 'n bisschen Spaß haben?«

Später am Nachmittag zeigte Paul Pocke den Wagen. Für einen kurzen Moment standen Pocke die Tränen in den Augen, als er die Schrammen auf dem Dach und am Kühler sah.

»Na ja, kann man alles reparieren lassen. Muss ich irgendwann in die Werkstatt bringen. So kann das ja nicht bleiben.«

»Sag mal, und wo würdest du jetzt normalerweise absteigen? Hast du 'ne Unterkunft?«, fragte Paul.

»Bisschen Geld hab ich noch. Ich würd mir 'n Pensionszimmer nehmen. Aber für zwei reicht das nicht.«

»Das Geld kann man sich aber auch sparen.«

»Und wie?«

»Indem man nicht zahlt. Ganz einfach.«

Sie schauten sich verschiedene Hotels an und beschlossen, in das altehrwürdige Park Hotel direkt am Strand zu ziehen. Beide trugen sich unter falschem Namen beim Portier ein, Paul versprach, seine Kreditkarte später aus dem Auto zu holen, und verlangte nach zwei Zimmern der gehobenen Kategorie. Er bemerkte Pockes verunsicherten Blick, ließ sich aber nicht beirren.

Als sie später vor ihren Zimmertüren im vierten Stock standen, mussten beide grinsen.

»Nicht schlecht, mal sehen, ob wir damit durchkommen.«

Pocke öffnete seine Zimmertür, dahinter lag ein schönes großes Zimmer mit Seeblick.

»Wow, guck dir das mal an, sagenhaft. Und das gibt's alles umsonst?«

»Das gibt's alles umsonst. Übrigens: Das meiste gibt's umsonst, und zwar überall.«

»Paul, du bist 'n Spinner, und wir werden noch sehr große Probleme bekommen. Aber vorerst wollen wir das genießen!«

»Genau. Und Pocke – wir tun niemandem weh! Wir verletzen und berauben niemanden! Wir nehmen uns nur etwas, das sowieso schon da ist. Und danach auch noch da sein wird. Vielleicht würde es sonst leer stehen. Ist das der Zweck eines schönen Zimmers? Dass es leer steht?«

»Nein. Das ist nicht der Zweck, es sollen Menschen drin sein!«

»Jetzt hast du's begriffen!«

Pocke legte sich auf sein Bett, blickte aus dem Fenster und war für einen Moment vollkommen zufrieden.

Am Abend nahmen die beiden im hoteleigenen Restaurant auf der Terrasse, zwischen gediegenen Rentnerpaaren, ein ausgedehntes Mahl ein. Pocke versuchte mit einigen aufgetakelten Geschäftsfrauen anzubandeln, die ausgelassen ein paar Tische weiter dinierten. Er winkte ihnen zu und zeigte mit dem Finger auf sein Glas, womit er sie auf ein späteres Getränk einstimmen wollte, sie reagierten mit hochnäsigem Desinteresse.

»Die glauben wohl, was Besseres zu sein, nur weil sie noch keine sechzig sind. Arrogante Torten.«

»Ich kann sie ganz gut verstehen, Pocke. Bitte bring uns nicht in Schmierigkeiten.«

»Was?«

»Ach, nichts.«

Sie ließen die Rechnung auf Pauls Zimmer setzen und unternahmen einen Spaziergang durch den Ort.

»Du, Paul, das Einzige, was uns fehlt, ist Bargeld.«

»Tja, das ist etwas schwieriger. Da muss man dann an die Leute ran.«

»Du meinst ...«

»Ich meine, dass die Leute ihr Geld nicht einfach so hergeben, du musst dir 'nen guten Trick überlegen.«

»Da kenn ich mich überhaupt nicht aus. Das will ich eigentlich auch nicht machen.«

»Da geht's dir wie mir. Aber irgendwann müssen wir ran. Du oder ich. Du kannst auch in ihre Häuser einsteigen. Oder in ihre Autos. Du kannst versuchen, an ihre Scheckkarten ranzukommen. Oder an ihre Portemonnaies. Was gefällt dir am besten?«

»Gar nichts von dem. Ich bin ein ehrenwerter Mann. Ich hab mir noch nie genommen, was mir nicht gehört.«

»Dann musst du wieder arbeiten. Mach doch 'ne Kneipe auf, hahaha.«

»Das wird nix mehr.«

»Aber du wirst doch wohl Rente kriegen.«

»Meine Rente wäre Hartz IV.«

»Siehst du. Jetzt kannst du dir ausrechnen, wo du mit deiner Haltung hinkommst. Du musst etwas riskieren, wenn du willst, dass es dir gut geht. Wenn du nicht nur zusehen willst.«

»Woher weißt du das eigentlich alles so genau?«

»Weil ich die letzten zwanzig Jahre immer nur zugesehen habe. Oder nicht mal das. Ich habe einfach nur abgewartet. Dass irgendwann irgendwas passiert. Ich war ein Sack voller vergammelnder Träume, verstehst du? Und jetzt reicht's mir!«

»Und du hast Erfahrungen mit dem Nehmen?«

»Nein, mir geht's wie dir, ich hab mich immer als Ehrenmann betrachtet. Nur gibt's jetzt keinen Grund mehr dazu. Ich hab nichts mehr, was ich verteidigen könnte. Ich könnte höchstens zulassen, dass man mich früher oder später in irgendeine Art Heim verfrachtet, wo auf niedrigstem Niveau für alles gesorgt wird. Aber so weit ist es noch nicht, da werd ich lieber kriminell.«

»Ich verstehe dich zwar, aber ich kann das nicht.«

»Sag mal, Pocke, was ist eigentlich mit deinem ganzen Geld passiert? Du hattest doch fünfzigtausend Euro? Wo sind die geblieben?«

»Tja, sagen wir mal – ich hab sie riskiert.«

»Was soll das heißen? Spielbank?«

»Nein.«

Sie hatten am Strand haltgemacht und setzten sich in den Sand.

»Um es kurz zu machen: Du weißt ja, ich wollte 'ne Weltreise machen, also, erst bin ich 'n bisschen gereist, hab's mir gut gehen lassen, nicht zu teure Hotels, kein besonderer Luxus, aber schön halt. Ich war auf Sizilien und dann in Marokko. Super Wetter, Strand, Drinks, ich hab's genossen, so richtig Seniorenurlaub, aber mit Ladys! Dann bin ich ans Schwarze Meer geflogen, nach Odessa, eigentlich nur aus Interesse, wie es da so ist und weil der Flug so billig war, inklusive Hotel, versteht sich. Da gibt's so große alte Nobelhotels, hundert Jahre alt, aber nicht teuer und super Standard. Da hab ich in meinem Hotel 'nen Typen kennengelernt, der mich zu 'ner Pokerrunde eingeladen hat. Ganz seriös, der war spanischer Geschäftsmann, schon älter, im Anzug, und das Ganze war im Rauchersalon vom Hotel. Da waren noch mehr ältere Geschäftsleute, auch zwei Damen waren da mit dabei und so, keine Gangster. Am ersten Abend hab ich vorsichtig gespielt und hab gewonnen, 'n paar Hundert Euro. Hab ich mir gedacht, nicht schlecht, Pocke.«

»Ich ahne Schlimmes ...«

»Am zweiten hab ich sogar über tausend gewonnen, hab ich mir gedacht, du kannst das ganz gut, Pocke. Am dritten bin ich wieder hin, da war die gleiche Runde. Hab ich mir gedacht, die kenn ich alle schon ganz gut, jetzt probier ich's. Ich hab dick gesetzt. Und erst auch noch gewonnen.«

»Bitte nicht!«

»Dann hab ich mehr gesetzt. Und noch höher, hab echt was riskiert, wenn nicht jetzt, wann dann, hab ich gedacht.«

»Pocke!«

»Und dann ist dieser Typ mit den weißen Haaren eingestiegen, der saß vorher immer nur rum und hat geraucht. Der hat so viel Zigarre geraucht, dass man sein Gesicht kaum sehen konnte. Und dann war auf einmal alles weg. Alles innerhalb von zwanzig Minuten! Bums! Alles weg! Ich hab das gar nicht gecheckt, wo das auf einmal alles war. Oder ob mich da jemand behumst hat oder ob das nur Pech war, ich weiß es nicht! Die haben mir am Ende noch das Geld für den Rückflug geschenkt.«

»Oh Mann, das war doch so absehbar!«

»Findest du? Wenn du da gewesen wärst, wäre es dir vielleicht auch so ergangen!«

»Ganz bestimmt nicht. Pocke, du warst ein Ehrenmann und hast dich ausnehmen lassen. Von 'ner Runde Trickspieler.«

»Meinst du?«

»Du weißt das doch selber. Und die haben dir dein Geld und deine Ehre genommen. Jetzt hast du beides nicht mehr, oder?«

»Ich weiß nicht.«

»Und zumindest das eine davon kannst du wiederbekommen. Deine Ehre ist es schon mal nicht.«

»Hm ...«

Pocke legte sich auf die Seite. Nach einigen Minuten fing er vernehmlich an zu schnarchen. Paul ließ ihn liegen und ging ins Hotel zurück und legte sich auf sein Bett.

8. 7. 1966

Habe ihr einen Brief in unseren toten Briefkasten gesteckt, und sie hat tatsächlich geantwortet. Was für ein schönes Spiel. Genieße es, über diesen Umweg mit ihr zu kommunizieren. Obwohl wir uns ja auch jeden Tag sprechen könnten. Dadurch wird es so heimlich.
So konspirativ.
Sie hat geantwortet!

Sie will morgen Abend kommen, sie hat geschrieben: in Abendgarderobe. Was soll das heißen?

10.7.1966

Gestern war sie da. Es war so spannend, konnte den Abend kaum erwarten. Habe mir von Vater seinen Hochzeitsanzug geliehen. Der ist mir zu kurz, aber sah trotzdem gut aus. Hatte keine passenden Schuhe. Also barfuß. Um kurz nach acht hat sie geklingelt. Ich dachte, sie kommt im Abendkleid, aber sie hatte ein altertümliches Kleid an, ein Ballkleid, mit Löchern drin, irgendwie kaputt, vielleicht aus dem Theaterfundus. Sah toll aus, ganz schwarz, mit Samt und Spitzen.

Dann haben wir uns im Wohnzimmer auf den Tisch gesetzt, und ich habe ihr was vorgelesen. Es war ganz dunkel, und wir hatten nur 'ne Friedhofskerze zwischen uns. Die Gedichte von François Villon. Über fünfhundert Jahre alt. Die kannte sie nicht. Gedichte über Huren und Gauner. Sie war echt berührt. Ich hab die Gedichte ganz leise gelesen. Sie hat mich angeschaut und zugehört. An einer Stelle hatte sie auf einmal eine Träne in ihrem Auge, ich hab's im Dunkeln genau gesehen, weil es geglitzert hat, aber sie hat sie gleich unauffällig weggewischt. Ich konnte sie berühren, durch Villons Worte aus meinem Mund. Könnte ich bloß so schreiben wie er.

Danach gab's das Dinner. Dazu hab ich sie unter den

Tisch eingeladen. Dinner unterm Tisch ist sicherer. Hat sie auch eingesehen. Ich hatte einen Fisch gebraten, eine Bachforelle. Die lag zwischen uns auf einem Teller. Keine Beilagen. Wir haben sie mit den Händen gegessen. Dazu billigen Weißwein aus dem Supermarkt. Ich habe mich getraut, ihr ein Stück Fisch in den Mund zu schieben, sie hat mich dabei stumm angeschaut.

Als wir fertig waren, haben wir uns auf den Rücken gelegt und Kopf an Kopf in den Himmel geschaut. Also an die Tischunterseite. Himmel aus Holz. Sterne waren da eingeritzt. Die ergaben zusammen ein K. Sie hat gelacht und mir mit der Rückseite ihrer flachen Hand leicht auf die Augen gehauen. Das war eine schöne Berührung.

Dann hat sie mich ganz leise gefragt: »Warst du das?«, und ich hab ganz leise gesagt: »Ja.« Sie hat sich umgedreht und ist mit ihrem Kopf über meinen gekommen, und ich hab sie auf dem Kopf gesehen. Dann hat sie mich geküsst, ganz langsam. Hat ihren Mund auf meinen gelegt, und erst haben sich unsere Lippen nur so berührt, und dann haben wir sie geöffnet. Es war sonderbar, weil wir verdreht waren, man kann nicht verkehrt rum küssen, dafür sind wir Menschen nicht gemacht. Sie hat sich umgedreht und auf mich gelegt, vorsichtig, und dann hat sie mich wieder geküsst, es war, als wenn wir nur noch aus weichem Strom bestehen würden. Zwischendurch hat sie den

Kopf gehoben und hat mir in die Augen geschaut, ganz tief hinein, sie ist ganz in mich gekommen, ich hab es gespürt, als wenn sie aus sich herausgelaufen wäre, wie heißes Wasser, durch ihre Pupillen, und in mich geflossen, sie hat mich ganz ausgefüllt. Und dabei hat sie ganz leicht gelächelt und sah trotzdem irgendwie traurig aus. Wir haben uns ewig angesehen und geschwiegen, und dann haben wir uns wieder geküsst. Ich hab jedes Gefühl für Zeit und Raum verloren, ich bin vollkommen aufgegangen in diesem Kuss, ich hab meinen Namen und mein Gesicht und meine Geschichte vergessen, einfach alles vergessen, ich war nur noch im Hier und Jetzt. Ich fühlte mich vollkommen. Als wenn das, was mir vorher gefehlt hat, was ich verloren hatte, jetzt wieder aufgetaucht wäre. Sie hat meinen Kopf mit den Händen gehalten, fest, aber auch vorsichtig, und hat mein ganzes Gesicht abgeleckt, ganz langsam, als ob sie blind wäre und mich ertasten müsste. Ich habe sie fest in meinen Armen gehalten, ich war wie ein Schiff, auf dem sie durch den Ozean trieb. Irgendwann haben wir uns auf die Seite gelegt, mit offenen Augen, und haben uns weiter angeschaut, bis sie die Augen geschlossen hat. Dabei sah sie ganz ruhig aus. Lange Zeit. Ich glaube, ich hatte Tränen in den Augen. Dann bin ich eingeschlafen.

Als ich mitten in der Nacht aufwachte, war sie weg. Als wenn sie nie da gewesen wäre. Und ich hab mich

gefragt, ob ich mir das alles nur eingebildet habe. Ob das alles 'ne Illusion war. Das mit dem Sex im Dunkeln. Und das gestern Nacht hier. Ob das alles nur ein Wunschtraum von mir ist. Ob ich vielleicht ernsthaft verrückt bin und Wahnvorstellungen habe. Ich hab noch mal alles abgesucht, aber ich hab absolut nichts von ihr gefunden. Das hat mich traurig gemacht. Ich hab mich wieder unter den Tisch gelegt, und im Schein vom Feuerzeug hab ich dann gesehen, dass da ein ganz kleines Herz zwischen die Sterne gemalt war. So ein kleines Herz, wie ich es vorher auf den Brief gemalt hatte. Ich bin mir nicht sicher, ob das vorher schon da war. Ob das von meinem Vater war oder ich selber das mal irgendwann dahin gemalt habe.
Oder ob sie das war.

11. 7. 1966
Habe einen Brief in unseren geheimen Briefkasten gesteckt. Auf dem stand:
Ist das wirklich passiert? Oder ist das nur ein Traum? Bitte sag es mir, ich weiß es nicht. Ich habe Angst, dass es nur ein Traum war.
Ich habe sie später in der Schule gesehen, sie hat mich angelächelt, aber wir haben nicht miteinander geredet. Es ging nicht. Zumindest will sie es nicht vor den anderen zeigen. Sie tut so, als wenn nichts zwischen uns wäre. Warum? Wegen Keil? Oder schämt sie sich

für mich? Bin ich es nicht wert? Bin ich nicht auf ihrem Niveau? Aber warum sollte sie dann mit mir unter dem Tisch gelegen haben?

12. 7. 1966
Sie hat einen Brief geschrieben. Habe mich nicht getraut, ihn zu öffnen. Habe ihn bis heute Abend mit mir rumgetragen. Nun hab ich ihn doch gelesen:

Wieder war ein kleines Blockpapierblatt in das Tagebuch eingeklebt. Paul las:

Ich glaube, es war nur ein Traum.
Aber ich glaube, ich habe den gleichen Traum geträumt. Wir lagen zu zweit unter einem Himmel aus Holz. Die Sterne waren in den Himmel geritzt. Und ich konnte etwas in Deinen Augen sehen, was ich so noch nicht gesehen habe. Es war schön, aber es hat mir auch Angst gemacht. Ich habe mich gefragt, ob Du es selber kennst.
Möchtest Du mich unter Wasser treffen?

Auf jeden Fall hat sie schon mal geantwortet.
Aber was meint sie damit – unter Wasser treffen?
Habe ihr geschrieben:
Ja, ich möchte Dich unbedingt unter Wasser treffen.

Nur, wie meinst Du das? Und was hast Du denn in mir gesehen, was Dir Angst macht?
Hab sie später auf der Probebühne gesehen, sie saß abseits und hat nachgedacht. Und ich konnte nicht zu ihr gehen, weil ich mich ihr nicht aufdrängen will. Und weil ich das Konspirative ja auch genieße.
Ich hab sie angeschaut, und irgendwann hab ich bemerkt, dass ich selber beobachtet werde. Keil hat mich von der Seite angeschaut, sein Blick war absolut kalt. Tödlich kalt. Da war auch keine Herausforderung mehr in diesem Blick, sondern nur eine Feststellung.
Die Probe war trotzdem gut. Für alle Beteiligten. Alle haben ziemlich routiniert gespielt. Ich hab mich auch einigermaßen sicher gefühlt. Und ich musste zwischendurch wieder über Frau Zucker nachdenken und über das Spiel, das sie mit mir treibt. Ich werde sie ansprechen müssen, irgendwann, um es klarzustellen. Ich halte diese Unklarheit nicht aus.

14. 7. 1966
Sie haben Vater aus dem Krankenhaus entlassen. Er sitzt jetzt im Rollstuhl. Kann nicht mehr gehen. Er scheint innerlich auseinanderzubrechen. Er trinkt ja seit Wochen keinen Alkohol, daran kann es nicht liegen. Er sieht aber so aus, als ob er seit Wochen Alkohol trinken würde. Vielleicht hat ihm jemand im Krankenhaus welchen gegeben? Oder die im Krankenhaus haben keine Hoffnung mehr, weil er schon

zu fertig ist, und ihn weggeschickt. Er redet kaum. Er will eigentlich auch keine Hilfe. Ich glaube, er möchte einfach nur in Ruhe kaputtgehen. In Ruhe verrecken. Für Selbstmord ist er zu faul. Also wartet er einfach ab, bis es vorbei ist. Als wenn das Leben eine Grippe wäre, von der er sich bald erholen würde. Das Leben ist nur eine kurze Pause vom Tod. So ungefähr sieht er das, glaub ich. Ich hab versucht, mit ihm zu sprechen, aber er weicht immer aus und sagt Sachen wie: Ach was, das geht schon, und mir geht's gut so weit, mach dir man keine Sorgen. Später hab ich in der Küche 'nen Zettel vom Arzt gefunden, auf dem stand: Leberzirrhose. Soviel ich weiß, ist das 'ne Trinkerleber. Muss rauskriegen, was jetzt mit ihm passiert.

15.7.1966
Es war 'n Zettel von ihr im Versteck.

Wieder war ein Fetzen Papier in das Tagebuch eingeklebt, in sehr kleiner Handschrift stand darauf:

Komm am nächsten Vollmond um Mitternacht zur Blanken Schleuse. Da ist eine Metallleiter, die führt an der Schleuse ins Wasser. Ich werde da sein.

Das klingt sehr spannend. Bin jetzt schon aufgeregt. Wann ist der nächste Vollmond?

Abends

Hab nachgeschaut – Vollmond ist erst in zehn Tagen. Was mache ich bis dahin? Das dauert so lange, so unglaublich lange.

18. 7. 1966

Heute auf der Probe habe ich mit ihr gut zusammen gespielt. Im Spiel sind wir mittlerweile vertrauter als in der wirklichen Welt. Im Spiel gibt's keine Hindernisse zwischen uns, höchstens die, die im Text stehen.

Ich spüre den Argwohn von Keil. Er merkt, dass ich besser werde und dass ich Land gewinne. Seine Position ist dadurch nicht mehr so stark wie vorher.

Nach der Probe und dem Duschen bin ich nach hinten raus zum Fahrradständer. Beim Aufschließen spürte ich einen Lufthauch, und dann stand er auf einmal hinter mir. Er hatte 'n Messer in der Hand und drückte es mir an die Kehle, sein Blick war so halb irre. Er hat geflüstert: Lass das! Hörst du? Du langhaarige Ratte. Du wagst dich zu weit vor! Ich lass mich von dir Stümper nicht fertigmachen! Ich warne dich nur dieses eine Mal – lass es besser sein! Hast du mich verstanden?

Ich hab genickt, was sollte ich sonst machen? Er ist

irre. Und das war sein wahres Gesicht. Das zeigt er sonst niemandem, weil es so hässlich ist. Vielleicht ist er auch besessen von mir? Aber wie das – wenn ich ihn doch gar nicht besitzen will? Ich will einfach nur, dass er mich in Ruhe lässt. Er soll gehen, weit weg gehen. Er soll verschwinden aus meiner Welt!
Geht's nur um Katharina, oder geht's um mehr?
Oder um Frau Zucker?

Vielleicht wäre ich ein anderer geworden, dachte sich Paul, wäre dieser Mensch nicht gewesen. Wenn unsere Begegnung nicht gewesen wäre, wäre mein ganzes Leben anders verlaufen. Vielleicht. Wahrscheinlich. Oder wenn ich anders reagiert hätte auf ihn? Und was, wenn Katharina nicht gewesen wäre? Wäre ich auch ein anderer geworden? Je früher sie kommen, die bedeutsamen Begegnungen, desto größer sind die Auswirkungen nach hinten. Eine frühe kurze Begegnung, die ein ganzes Leben lang nachwirkt. Eine Handlung, mag sie auch noch so klein sein, die alles andere überschattet. Ein kleiner Schlag am Anfang, dessen Risse bis zum Ende zu sehen sind.

Aber könnte ich wirklich ein anderer sein? Einer, der in einer Chefetage sitzt, hundert Angestellte hat und auf seine Flotte im Hafen schaut, mit einem Haus an der Alster und Pferden auf dem Land? Ich glaube nicht. Ich glaube, ich bin der geworden, der ich werden konnte. Ich bin die Summe meiner Anlagen, Erfahrungen und Verhältnisse. Dass sich daraus keine positive Kombination ergeben konnte, ist das, was man Schicksal nennt. Mit anderen Worten: Pech.

Wolfgang!, dachte Paul auf einmal, verdammt, Wolfgang! Paul sprang auf, zog sich an und ging mit hastigen Schritten zum Nissan. Er riss die Fahrertür auf, und eine Hitzeblase entwich dem Wagen, die Sonne hatte ihn ziemlich aufgeheizt. Er zog das Tuch von dem Käfig. Der Vogel saß auf dem Boden in Sand und Kot, irgendwie eingerenkt, und blickte verstört um sich. Es war kein Wasser mehr in seiner Schale. Ein paar Stunden später, und das wäre es gewesen, dachte sich Paul. Vorsichtig griff er sich das Tier und trug es ins Hotel. In der Jackentasche schmuggelte er es am Portier vorbei und setzte es schließlich in seinem Badezimmer ins Waschbecken, in das er ein wenig handwarmes Wasser laufen ließ. Minutenlang saß der Vogel einfach nur da und starrte erschöpft und verwirrt vor sich hin. Dann trank er und fing schließlich an, sich die Federn zu putzen.

Wie hätte ich das Pocke jemals erklären können?, fragte sich Paul. Auto Schrott, Wolfgang tot, das hätte er mir nie verziehen. Paul streute ein paar Trill-Körner auf den Waschbeckenrand und setzte sich aufs Bett.

20. 7. 1966

Ich habe einen Brief an Frau Zucker geschrieben. Ich traue mich aber nicht, ihn ihr zu schicken:

Liebe Frau Z.,
ich meine mich an etwas zu erinnern, von dem ich nicht genau weiß, ob es wahr ist oder nicht: Ich war in einem großen, vollkommen dunklen Raum. Ich bin dort auf jemanden getroffen, ich hatte eine Begegnung wie noch keine zuvor, aber ich weiß nicht genau, wem ich begegnet bin. Wissen Sie etwas darüber und können mir helfen?
Ihr Schüler P.

Soll ich ihn ihr zustecken? Zuschicken? Zuwerfen? Ich trau mich einfach nicht. Was, wenn sie es nicht war? Was, wenn sie mich auslacht? Ich werde ihn ihr mit der Post zuschicken. Ganz förmlich.

Der Vogel flatterte vom Bad ins Zimmer, setzte sich kurz aufs Bett, als wollte er Luft holen, flog dann zwei große Runden durch den Raum und setzte sich wieder aufs Bett. Reglos fixierte er Paul mit dem rechten Auge.

»Du willst zu Herrchen, gell? Der willfährige Sklave sucht seinen Meister! Wird auch Zeit, dich loszuwerden.«

Paul stand auf, nahm den Vogel vorsichtig auf die Hand und ging langsam mit ihm zur Tür. Das Hotel besaß klassische Türgriffe, sodass Paul Pockes Zimmer einfach betreten konnte. Pocke lag auf dem Rücken und schlief laut schnarchend und mit leichtem Speichelfluss im Mundwinkel. Langsam näherte sich Paul und setzte Wolfgang schließlich auf der anderen Seite des Bettes ab, dann räusperte er sich. Es dauerte, bis Pocke langsam und unwillig erwachte.

»Was is... was soll das?«

»Pocke, du hast Besuch.«

»Was? Lass mich.«

»Dein alter Mitbewohner möchte dich wiedersehen.«

»Jaja, tschüss, lass mich schlafen.«

»Ich glaube, du würdest dich eventuell auch freuen, ihn zu sehen.«

»Was? Wen denn?«

Unwillig hob Pocke seinen Kopf und schielte zu Paul rüber.

»Schau mal auf der anderen Seite des Bettes.«

Pocke legte den Kopf zur Seite und entdeckte den Vogel.

»Was? Was soll das?«

»Pocke. Das ist Wolfgang. Ich sollte doch auf ihn aufpassen. Freust du dich?«

»Ach, der Scheißvogel. Ich dachte, das blöde Vieh wäre längst abgehauen oder verreckt.«

»Was?«

»Ja, damit ich ihn los bin. Der hat mich immer nur genervt. Das blöde Gepicke und Gegucke. Sonst war da nix. Picken und gucken. Tagelang hab ich auf den eingeredet: Ich bin Wolfgang, der Vogel von Pocke. Hallo hallo. Ich bin Wolfgang, der Vogel von Pocke. Aber da kam nix. Nur picken und gucken. Saudumm das Vieh, nix drin, totales Vakuum.«

»Pocke, ich hätte nicht gedacht –«

»Tu mir einen Gefallen, und mach das Fenster auf. Und dann lass mich schlafen!«

»Was bist du bloß für ein herzloser Mensch!«

»Herzlos, hirnlos, ehrlos, besitzlos, rechtlos, ich hab wohl das große Los gezogen. Also, bis später ...«

Pocke legte sich wieder auf die Seite und schloss die Augen.

Paul ließ den Vogel bei ihm und ging schweigend zurück in sein Zimmer.

23.7.1966

Vater spricht nicht mehr. Gestern hat er noch, aber heute Morgen hat er nicht mehr geantwortet. Egal, was ich ihn gefragt habe, er hat nur an die Decke gestiert. Auch beim Mittagessen. Was möchtest du essen? Willst du etwas trinken? Wie geht es dir? – Nichts.

Ich glaube, er strengt sich an beim Warten, damit das

Warten schneller vorbeigeht. Er presst Zeit. So wie man auf dem Klo sitzt und sich konzentriert und schweigt und presst, damit es schneller geht. Wieso kann ich ihn nicht noch mal erwecken? Ihn mitnehmen in meine Welt? In die Welt da draußen. Wir könnten uns ein Auto beschaffen und in den Süden fahren und Spaß haben. Aber es geht nicht. Ich kann es nicht. So als ob die Vorsehung uns davon abhalten würde. Ich weiß zwar, wie es gehen könnte, aber es geht dann eben doch nicht. Da ist eine Grenze. Da komm ich nicht durch. Ich kann ihn nicht erreichen. Er lebt in einer anderen Zeit als ich. Oder in einer anderen Wirklichkeit.
Wir sind auf unsere Draisinen gekettet und müssen den Schienen folgen. Dicht nebeneinander, aber ohne uns berühren zu können. Wir können einander sehen, aber nicht verstehen.
Und ich muss von ihm weg, ich kann ihn nicht mehr retten. Damit hätte er selber schon vor langer Zeit beginnen müssen.
Ich fühle mich so schuldig.

25.7.1966
Heute ist Vollmond.
Heute ist es so weit.
Ich bin so gespannt.
Das Wetter ist schön, es ist warm draußen, keine Wolken am Himmel. Das heißt, man kann den Mond

sehen. Bis zum Abend renne ich ganz schnell um den toten Kirschbaum in Garten. Oder setze mich aufs Klo und presse Zeit. Jetzt möchte ich auch, dass sie schneller vergeht! Zeit totschlagen – guter Begriff! Täterprofil: Zeittotschläger. Tat: Hat die Zeit totgeschlagen. Also damit meine ich die richtige komplette Zeit, danach gibt's keine Zeit mehr. Strafe: Lebenslänglich. Wieso eigentlich nicht lebenslang? Wieso länglich? Länglich ist doch eine Beschreibung, oder? Das ist dann so, als ob man nur ein Leben lang in den Knast müsste. In Wirklichkeit ist man aber woanders, am Strand oder so.

Abends

Habe mit dem Schraubenzieher die Küchenuhr aufgemacht und einen Test gestartet. Vollkommen irres Ergebnis: Man kann die Zeiger bewegen! Egal, in welche Richtung! Das heißt, man kann die Zeit doch manipulieren! Man kann sie beliebig verschieben. Ärgerlicher Nebeneffekt: Die Welt reagiert nicht auf die Manipulation. Zwar schiebe ich die Weltzeit voran, aber das Tageslicht verändert sich nicht! Warum? Etwas ist da nicht synchronisiert! Etwas im Raum-Zeit-Gefüge stimmt da nicht! Jemand muss die Zeit reparieren. Ach, geht ja nicht. Die ist ja totgeschlagen.

Nachts

Wenn ich das Leben so vor mir sehe, die Möglichkeiten und die endlose Zeit dort, die so unglaublich langsam vergeht, dann kommt sie mir vor wie eine riesige unüberschaubare Landschaft, die ich nie durchwandern kann, diese Größe macht mir Angst, und die Langsamkeit der Zeit lässt mich erschauern.

Haha, dachte Paul, du wirst dich noch wundern, wenn du erst ich sein wirst. Von der anderen Seite sieht es nämlich genau anders aus: Das Leben ist ein kleiner Hügel, ein Haufen, ein Klecks, ein winzig kleiner Punkt im Nichts. Die Zeit läuft unglaublich schnell, und der Zeitraum des Lebens ist so kurz, so verschwindend klein und kurz, dass man danach nur erschreckt auflachen kann. Was? Das war schon alles? Das kann doch nicht schon alles gewesen sein! Das sah doch von der anderen Seite so riesig aus. War das alles nur Kulisse?

Alles eine Frage der Perspektive!

Aber ich freu mich auch auf diesen riesigen
Kontinent, denn er gehört mir!
Gleich gehe ich los.

26.7.1966

Noch schwimme ich.

Kann meine Gedanken nicht ordnen. Alles ist irgendwie am Trudeln in mir, wie in so einem Schütteldings, das man als Kind betrachtet hat, das mit den Schneeflocken. Keiner weiß, wie das heißt. Vielleicht heißt das ja Schütteldings. Na ja.

Bin gestern Nacht zur Schleuse. Hab mir auf dem Weg noch zu trinken gekauft. Eine Flasche Schaumwein. Die Hälfte auf ex. Die Nachtluft war ein weiches Flanellhemd.

An der Schleuse war niemand. Ich hab mich umgeschaut. Hinter dem Laternenpfosten lagen ihre Sachen, schmal aufeinandergefaltet. Hab ins Wasser geblickt. Sie ist getaucht, ich hab nur Schemen unter Wasser gesehen, im Mondlicht. Dann hab ich meine Sachen auf ihre gelegt und bin an der Leiter runter ins Wasser. Das Wasser war warm. Ich bin langsam rein, hab mich an der Leiter festgehalten. Das Wasser war dunkel, man konnte kaum etwas sehen. Auf einmal hab ich was am Fuß gespürt, eine Hand, ich hab mich erschrocken, obwohl ich wusste, dass sie es ist, dann bin ich die Leiter wieder rauf. Sie ist aufgetaucht, hat gegrinst, ich musste auch grinsen, aber es war mir echt peinlich. Also bin ich wieder rein. Komm, hat sie gesagt, dann sind wir getaucht. Von unten sah alles irre aus. Die schwarzen Wände links und rechts, wie ein Grab, der dunkle Himmel, die

Sterne, die Laterne auf der einen Seite und der Mond auf der anderen, die Lichtbrechungen auf der Wasseroberfläche. Sie ist um mich rumgetaucht, wie eine Wassernixe, wie eine Meerjungfrau, das sah toll aus, sie war so hell gegen den Himmel und die Wände. Sie hatte nichts an. Ich habe meine Unterhose auch ausgezogen, ohne irgendeine Absicht. Das Gefühl ohne war viel besser, viel freier. Hab mich null geschämt. Wir sind ein Stück den Kanal hoch, getaucht und geschwommen, bis das Wasser flacher wurde, der Fluss fließt langsam, man kann sich da auf dem Rücken in das Seegras legen, mit den Füßen im Kies und mit dem Kopf aus dem Wasser in den Himmel schauen, wie in einem Bett, einem richtigen Flussbett, man treibt kaum weg, muss sich nur ein wenig festhalten. Am liebsten hätte ich dort übernachtet, aber wenn man einschläft, ertrinkt man, schätze ich. Wir haben eigentlich fast gar nicht geredet. Ich ärgere mich immer darüber, dass Papa nicht redet, aber ich selber kann es auch nicht. Ich finde es schön, wenn ich nicht reden muss. Wenn alles in mir bleibt. Manchmal denk ich gar nicht in Worten, sondern in Bildern. Vielleicht ist das die Ursprache, Bilder.

Als wir da so lagen, auf dem Rücken, im Fluss, leises Strömen und Gluckern, unter den Sternen, da hat sie meine Hand genommen. Da hab ich dann gedacht: Dafür ist das Leben da. Das ist es. Dafür hat Gott das alles gemacht. Damit man dieses Wunder mit jemandem teilen kann. Das blinkende Licht da oben und das fließende Wasser hier unten und die Algen und die Tiere um uns rum, Fische, Käferlarven, Krebse, und alles ist in Bewegung und vereint sich für einen kurzen Augenblick zu einer perfekten Konstellation, und aus all dem grauen Einerlei und den miesen Problemen und dem allgemeinen Kaputtgehen schaut dieser Moment wie ein Berggipfel heraus, über die Zeiten und das Leben und wird für immer da stehen. Wir lagen da wie zwei Wasserleichen, wenn uns jemand gesehen hätte, wäre sofort die Polizei gekommen, aber wir waren vollkommen alleine. Da war ich ihr auf einmal sehr dankbar und hatte das Gefühl, dass sie es ehrlich mit mir meint und mir ganz ernsthaft etwas sagen möchte.

Ich hab gehört, dass sie neben mir atmete, lauter als vorher, und als ich zu ihr rübergeguckt habe, habe ich bemerkt, dass sie mich anschaute und ihre Augen geweitet waren. Sie hat sich mir langsam genähert. Und in dem Moment ist es in mir aufgestiegen, das Wissen und die Worte haben sich endgültig aufgelöst. Sie hat mich umarmt, und mit den Händen sind wir einander über unsere Körper gefahren und mit den Mündern auch, und wir waren überall an uns und um uns und zwischen unseren Beinen, und wir haben laut geatmet, aber sonst keinen Ton von uns gegeben und haben Wasser geschluckt, und ich bin in sie eingedrungen, und sie saß auf mir, und ich war unter

Wasser, und ihre Augen waren geschlossen oder weit geöffnet, und sie hat mich nicht mehr gesehen und ich sie auch nicht. Ein fließender Rausch, alles ist verschmolzen, ich habe keinen Unterschied mehr gesehen zwischen den Sternen und ihr und den Algen, hab nicht mehr unterscheiden können, bin nur noch eingedrungen in das alles und hab es geliebt, und zwischendurch kam mir ein Gedanke: Jetzt möchte ich gerne sterben! Könnte sie mich nicht einfach unter Wasser drücken? Würde sie das für mich tun? Was interessieren mich all die Langweiligkeiten, die da noch kommen, nach dem hier? Und ich hab sie von unter Wasser da oben gesehen, auf mir, glänzend im Mondschein, und hab den Mund geöffnet, um einzuatmen, aber ich konnte es nicht.
Als ich gekommen bin, war ich in ihr, ich hab versucht, ihn schnell rauszuziehen, und dann war das Sperma überall im Wasser, unter den Algen und den Fischen, zwischen den Kieselsteinen und dem Sand, auf der spiegelnden Oberfläche zwischen den Sternen und in den Strudeln, hat sich gedreht und in Fäden verteilt und das alles befruchtet, und ist dann langsam davongezogen, Richtung Schleuse, in den dunklen Abgrund. Sie hat mich festgehalten und mich angelacht. Ich musste auch lachen. Und dann hat sie gesagt: Du bist in mir. Du bist auch in mir, habe ich gesagt. – Da hat sie mich gefragt: Was ist das mit uns? Ich habe ihr geantwortet: Finde es heraus. Ich

würde es auch gerne wissen. Sie hat gesagt: Ich suche keinen Mann und keinen Freund, aber ich kann mich auch nicht dagegen wehren, dass du mich berührt hast. Ich hoffe, du kannst mich wieder loslassen. Das werde ich, wenn du es willst, habe ich gesagt. Und dann hat sie mich auf einmal umarmt und ganz fest und lange an sich gedrückt, und ich habe die aufgestellten Haare auf ihrer Haut gespürt und ihre steifen Brustwarzen, und dann ist sie aufgesprungen, die Böschung hoch, wie ein heller Geist, und zu ihrer Kleidung gelaufen und hat sich ganz schnell angezogen und ist weggegangen. Ohne sich umzudrehen. Und mir war so, als ob am Ende der Straße, halb im Dunkeln, ein Schatten zu ihr getreten und sie zusammen mit ihm verschwunden wäre. Ich lag noch im Wasser und hab ihr hinterhergeschaut.
Und dann hab ich erst gelacht.
Und dann geweint.

Das Haus lag eingebettet zwischen den Dünen. Ganz im Süden der Insel, unten, auf der Strandseite. Es waren nur wenige Feriengäste hier, die meisten Häuser standen leer.

Ein Gewitter braute sich im Westen zusammen und drückte von der See mit heftigen Regenschauern aus schweren Wolken Richtung Land.

Paul saß auf der Düne vor dem Haus und blickte

auf die hungrigen Wellen, die mit weitem Anlauf heranbrachen. Neben ihm wand sich ein kleiner Fluss zwischen den Dünen hindurch ins Meer. Merkwürdig, dachte Paul, das riesige wilde Meer, der mächtige Wind, all die prallen Wolken treiben und drücken und pressen Richtung Land, und sie alle können doch diesen kleinen Fluss nicht aufhalten, der genau in die andere Richtung fließen will. Er ist stärker als sie alle. Etwas von der unaufhaltsamen Kraft dieses kleinen Flusses hätte ich gerne in mir.

Seitdem sie das Hotel verlassen hatten, an einem Nachmittag vor ein paar Tagen und natürlich ohne zu zahlen, seitdem sie also nicht mehr unter Menschen sein mussten, fühlte er sich wieder unbeschwert. Das Risiko, in einem dieser leer stehenden Ferienhäuser erwischt zu werden, schien ihm gering, und die Konsequenzen waren ihm egal. Viel wichtiger war die Frage, wie sie an Geld kommen konnten. Ferienhäuser auszurauben erschien Paul nicht weiter interessant. Das würde bedeuten, billige Hi-Fi-Anlagen und Flachbildschirme verticken zu müssen. Auf keinen Fall!

Pocke hatte dem nichts hinzuzufügen, er habe zwei linke Hände im Bereich Kriminalität, sagte er und zog sich damit aus jeder Verantwortung. Zur Not könne er ja immer noch sein Auto verkaufen, meinte er und beschränkte seine Handlungen auf das Austrinken der vorgefundenen Alkoholvorräte. »Ich hatte vierzig

Jahre die volle Verantwortung, jetzt ist das vorbei, und ich will sie nie wieder zurückhaben!«

Also lag es bei Paul. Lebensmittel zu klauen fiel ihm nicht schwer. Aber Paul wollte Geld, wenn möglich, eine größere Summe. Um unabhängig zu sein. Um fahren zu können. Die Waffen lagen immer noch im Kofferraum des Nissans, und Pauls Gedanken kreisten um sie. Wie könnte er Pocke dazu bringen mitzumachen? Am Nachmittag setzte er sich zu ihm auf die Couch und weckte ihn.

»He, Pocke, wach mal auf!«

»Hä?«

»Aufwachen!«

»Warum?«

»Willst du dein letztes bisschen Leben verpennen?«

»Ja, warum nicht? Wofür sollte ich wach sein? Pennen ist viel gemütlicher.« Pocke drehte sich von der Seite auf den Rücken und schloss wieder die Augen.

»Du willst leben, aber davon nichts mitbekommen?«

»Genau. Das ist das ideale Leben.«

»Wo ist da der Unterschied zum Totsein?«

»Na, dass ich lebe. Tss, du kannst vielleicht dumme Fragen stellen!«

Pocke drehte sich wieder auf die Seite in Richtung Paul, hielt aber die Augen geschlossen.

»Aber du musst von was leben.«

»Das ergibt sich schon. Außerdem verbrauch ich ja

kaum was, wenn ich viel schlafe. Dadurch helfe ich uns schließlich auch.«

»Und wenn ich nichts mehr besorge? Oder wenn ich abhaue?«

»Das würdest du nie machen. Du bist ja 'n Freund.«

»Ich werde das nicht mehr alles allein machen. Wir brauchen Geld. Die Vorräte hier sind aufgebraucht, und ich will nicht jeden Tag Kleinkram im Supermarkt klauen gehen!«

Pocke öffnete die Augen und sah Paul müde an.

»Ich hab's dir schon mal gesagt: Mit mir ist kein Ding zu drehen, ich hab so was noch nie gemacht, ich bin dazu nicht zu gebrauchen.«

»Dann müssen wir uns trennen.«

»Du wirst mich ja wohl nicht sitzen lassen?«

»Es geht anscheinend nicht anders, ich werde heute aufbrechen.«

»Jetzt warte doch mal. Lass uns doch mal überlegen, wie man an Geld kommen kann.«

Pocke setzte sich auf.

»Haben wir doch alles schon, da kam von dir aber gar nix.«

»Stimmt. Das ist schwierig.«

»Eine Idee hätte ich, bei der du dir die Finger nicht schmutzig machen musst.«

»Und?«

»Fahren. Du kannst Auto fahren. Sonst musst du nichts machen, warten und dann schnell fahren.«

»Ich weiß zwar nicht, ob ich das will, aber ich könnte es immerhin.«

»Ich geh rein in die Dorfbank. Du wartest zwei Minuten, ich komm raus, spring rein, und du fährst ab. Klingt das schwierig?«

»Du hast eine konkrete Idee?«

»Klar, ich war die letzten Tage nicht untätig und hab mich umgeschaut. Es gibt 'ne kleine Sparkasse im Dorf hier um die Ecke. Und hinter dem Dorf führen diverse Wege raus auf die Felder, die bin ich alle abgefahren. Wir klauen uns ein einfaches, unauffälliges Auto, ziehen das Ding durch und fahren dann aufm Feldweg bis zu 'nem kleinen Teich, den ich entdeckt habe. Da versenken wir das Auto und steigen in deins um. Das Geld lassen wir in 'nem Bienenstock, der da am Teich steht. Ich versprech dir, die Sache ist ganz einfach.«

»Klingt für mich nach 'ner schrecklichen Idee. Und wann willst du das machen?«

»Morgen. Morgen ist Freitag, da geben die Firmen ihre Wocheneinnahmen auf die Bank. Um kurz vor Sendeschluss tauchen wir da auf und nehmen alles mit.«

»Ich weiß wirklich nicht, warum ich mich auf so was einlassen sollte.«

»Weil du musst, Pocke. Irgendwann schlägt die Stunde der Wahrheit, du musst jetzt einfach mit ran!«

»Können wir nicht noch 'n bisschen warten?«

»Nein, die Wartezeit ist vorbei, jetzt ist Zeit zu handeln.«

Am nächsten Morgen stand Pocke einigermaßen zeitig auf und werkelte an seinem Auto herum. Paul ging an der Nordsee spazieren. Die Gedanken an ihren Plan ließen ihn auf eine seltsame Weise unberührt. Eher machte es ihm Sorgen, dass er keinerlei Nervosität verspürte, dass seine Gleichgültigkeit stetig wuchs.

Er setzte sich in den nassen Sand und starrte auf die See, die sich nach dem gestrigen Unwetter wieder beruhigt hatte. Er dachte an Katharina. Fragte sich, ob sie noch lebte – und wenn, dann wo. Ob er sich vielleicht die Mühe machen sollte, nach ihr zu suchen. Wie es wäre, wenn er sie sehen würde. Ob sie ihn überhaupt sehen wollte. Nach einer Unterbrechung von fast fünfzig Jahren. Das letzte Bild, das sie voneinander im Kopf hatten, stammte aus der Zeit, als sie Jugendliche waren. Ertrügen sie es, sich jetzt als alte Menschen gegenüberzutreten? Und das ganze Leben am anderen verpasst zu haben? Nur noch Spuren in den Gesichtern derer zu erahnen, die sie mal gewesen waren? Dennoch zog ihn die Idee an. Niemand war ihm aus seinem alten Leben geblieben, die Ehe gescheitert, die Kinder nicht geboren, die Freundschaften zerbrochen, warum sollte er diesen einen Faden nicht aufnehmen? Wenn da nichts zu finden wäre, würde es sich einfach zu dem anderen Nichts gesellen, das dort schon lag.

Auf dem Rückweg zum Haus machte er an einer Postfiliale halt und begann in dem Telefonbuch von Büsum, seiner Heimatstadt, zu blättern. Er stieß sofort auf Himmelfahrt, es gab nur einen Eintrag mit dem Namen, angeführt von einem K., das musste sie sein. Während ihn die Idee an den bevorstehenden Bankraub vergleichsweise kaltließ, begann nun sein Herz vernehmlich zu pochen. Er hatte sie gefunden, auf Anhieb, sie lebte noch. Oder konnte hinter dem K. eine andere Person stecken? Er riss die Seite heraus und steckte sie in seine Jackentasche. Eine ältere Dame hinter ihm betrachtete ihn missbilligend. Er warf ihr einen kühlen Blick zu und verließ die Filiale.

Das Stück Papier in seinen Händen stimmte ihn zuversichtlich, ja fast heiter. Er würde sie finden. Und er würde bei ihr auftauchen. Und sie würde sich vielleicht freuen. Sie würde ihn vielleicht willkommen heißen und aufnehmen, und dann könnte vielleicht das Leben endlich da weitergehen, wo es hätte weitergehen sollen.

Gedankenverloren blickte er in eine Schaufensterscheibe. Dort stand ein alter Mann, mit hängenden Schultern, in beigen Seniorenkleidern und halblangen Hosen, Sandalen mit weißen Socken, einem Anglerhut und einer Verlaufssonnenbrille. Wer war dieser Mann mit dem hoffnungslosen Gesicht, den grauen Bartstoppeln, mit den herabhängenden Mundwinkeln und der faltigen Haut am Hals? Jedes Mal, wenn er sich selber unerwartet irgendwo entdeckte, erschrak er. Deshalb mied er spiegelnde Flächen, denn eigentlich empfand er sich als zeitlos und seinem äußeren Bild nicht zugehörig. Das Bild, das er von sich gespeichert hatte, stammte von irgendwann aus seinen mittleren Jahren, er war damals in den Zustand der Zeitlosigkeit eingetreten. Jeder Spiegel bewies ihm aber, dass das nicht stimmte und dass seine Erdengestalt allmählich verfiel. Dass der Rückbau des Lebens fast vollendet war. Dass sich alles an seinem Körper dafür bereitmachte, sich zu verabschieden. Und er wunderte sich immer wieder, wie man ein Leben lang dabei zusehen muss, was so alles mit einem passiert. Wie man erst heranwachsen muss, auch wenn man gar nicht will, erwachsen werden muss, auch wenn man gar nicht will, wie man sich vervielfältigen muss, auch wenn man gar nicht will, wie man sich am Leben erhalten muss, auch wenn man gar nicht will, und wenn man sich gerade daran gewöhnt hat, wenn man gerade begriffen hat, wer man ist und wie das Leben funktioniert, wie einem alles wieder genommen wird und man sich verabschieden muss, von den Freunden, von den Strukturen, von den Gewohnheiten und Lebensstrategien, von den Annehmlichkeiten, den Rhythmen und Abläufen und schließlich vom Leben. Auch wenn man gar nicht will. Man fährt durch all das hindurch wie durch eine Geisterbahn und ist nie dazu in der Lage, den Zug anzuhalten, er fährt einfach immer weiter, und die Effekte unterwegs werden immer lächerlicher und voraussehbarer, aber man kann den Zug einfach nicht anhalten. Dachte sich Paul. Er musste bei der Gestalt aus der Geisterbahn, die er im Spiegel der Schaufensterscheibe sah, lächeln. Das bin nicht ich. Schon lange nicht mehr. Das ist nur noch der Rest von mir. Aber hier drinnen bin noch ich. Ganz der Alte.

Als er zum Haus zurückkam, saß Pocke vor dem Wagen auf dem Boden.

»Was soll das?«, fragte Pocke ihn.

»Was soll was?«

»Das da im Kofferraum!«

Paul machte einen Schritt auf den Wagen zu und blickte in den Kofferraum. Dort lagen die Waffen aus dem dänischen Geschäft. Pocke war aufgestanden und sah Paul fragend an.

»Das sind unsere Waffen.«

»Unsere Waffen? Bist du wahnsinnig? Und wo hast du das alles her?«

»Ich hab's besorgt. Mach dir mal keine Sorgen, sind alles Attrappen.«

Er hielt Pocke das Jagdgewehr hin, Pocke griff danach und spürte sofort am Gewicht, dass es keine echte Waffe war.

»Also, man kann damit niemanden erschießen?«

»Nein, nicht mal erschlagen. Leider.«

»Zum Glück! Ich hasse Waffen.«

»Aber wir brauchen welche. Sonst hört man nicht auf uns. Das hier wird ausreichen, damit man auf uns hört.«

»Ich fass die nicht an. Wenn du das willst, deine Sache! Ich bin nur der Fahrer. Und wenn du erschossen wirst, auch deine Sache!«

»Jaja, ist ja gut, ich werde schon nicht erschossen. Und ich kann auch keinen erschießen. Es bleibt alles friedlich, nur dass wir am Ende genug Geld haben, um uns eine gute Zeit zu machen.«

»Ich hab kein gutes Gefühl bei der Sache, Paul, ich hab kein gutes Gefühl ...«

»Man kann nicht immer auf seine Gefühle hören, manchmal ist der Druck der Umstände stärker, und man muss ihm nachgeben. Wir brauchen Geld! Andere haben Geld, viel Geld, mehr als genug. Wir haben keines, und wir werden auf normalem Weg auch keines mehr bekommen. Also müssen wir jemanden enteignen. Im Fachjargon: Expropriation. Ich bin doch keiner, der die Armen ausnimmt. Ich bin doch selber nur ein Armer, der sich das nimmt, was er braucht.«

»Schon. Aber du nimmst es von der Bank. Und auf der Bank liegt das Geld der kleinen Leute. Also beraubst du doch die Armen.«

»Erstens liegt da auch das Geld der Reichen. Und zweitens liegt da alles Geld. Auch das der Banken. Und von all dem Geld nehmen wir uns ein bisschen. Nur ein bisschen, es fällt kaum auf, aber für uns wird es reichen.«

»Paul, Paul, ich ahne nichts Gutes.«

»Wenn du 'ne bessere Idee hast, bin ich sofort dabei. Solange das aber nicht so ist, hab ich jetzt mal das Sagen!«

Pauls Miene ließ keinen weiteren Widerspruch zu, und Pocke fügte sich in sein Schicksal.

Schweigend gingen sie ins Haus.

28.7.1966

Ich bin mir so gut wie sicher, dass es Keil war, der sie abgeholt hat, nach unserem Treffen. Vielleicht haben sie einen gemeinsamen Plan? Aber welcher könnte das sein? Sie hat mit mir geschlafen. Ihre Zuneigung zu mir war echt, ich bin mir sicher, so etwas kann man nicht spielen. Oder?

29.7.1966

Heute lag ein Brief im Postkasten. An mich adressiert. Ohne Absender. Er ist von Frau Zucker. Zumindest glaube ich das. Es kann nur ihr Antwortbrief sein.

In das Tagebuch war ein Briefkuvert eingeklebt. Vorsichtig zog Paul den Brief heraus und faltete ihn auf.

Er war mit blauem Kugelschreiber geschrieben, elegant, flüssig, weiblich.

Lieber P.,
ich kann Dir auf Deine Fragen keine eindeutige Antwort geben. Du musst Dich gedulden. Vielleicht sollten wir uns in dem Raum treffen, von dem Du mir schriebst, und über das, was Du erlebt hast, sprechen. Vielleicht kann ich Dir weiterhelfen. Komm doch am Donnerstagabend bitte dorthin.
Um 20 Uhr.

Der Brief war nicht unterschrieben.

Was soll das heißen? Ist das alles ein Spiel? Warum bekennt sie sich nicht? Warum bekennt sich keiner? Ich versteh das alles nicht.
Kann ich dorthin kommen? Wie kann ich erfahren, was sie mit mir vorhat? Oder sollte mir das egal sein? Warum kann ich nicht einfach annehmen, was mir gegeben wird? Ich werde hingehen.
Vielleicht macht sie mir das gleiche Geschenk ja noch einmal.
Bitte, lieber Gott, mach, dass es noch mal das gleiche Geschenk ist!

30.7.1966

Jetzt bewegt Papa sich auch nicht mehr. Meist hat er die Augen geschlossen. Letztens, als ich in der Küche saß, um zu essen, hab ich auf einmal im Hintergrund eine Stimme gehört, die hat ganz hoch geschrien: Maria, Maria, Maria, immer wieder. Und dann war's wieder still. Er war das. Ich weiß nicht, wer Maria ist, aber er war das. Ich bin hin, da lag er wieder da und hat geschwiegen und die Augen zugehabt. Ich hab ihn angesprochen, aber er hat nichts gesagt. Trotzdem – er war es. Wer sonst? Vielleicht muss ich ihn ins Heim geben? Jemand muss sich um ihn kümmern.

1.8.1966

Die Stunde der Premiere rückt näher. Bald ist es so weit.

Alle sind aufgeregt. Mir fällt es wieder schwerer zu spielen, obwohl ich eigentlich immer besser geworden bin. Dieser Druck macht mir Angst. Bei den Proben kann man mal versagen, aber vor Publikum nicht. Das wäre das Schlimmste, vor Publikum dazustehen, und alles ist weg, und nichts fällt mir ein, und alle schauen mich an, und es wird immer stiller. Sie sehen alle zu, wie ich falle. Und sie lächeln verschämt und freuen sich drüber, wie ich versage, immer tiefer ins Bodenlose stürze. Und dann gehe ich, geprügelt wie ein Hund, in der absoluten Stille von der Bühne, und Keil steht an der Bühnenseite und grinst.

Der Gedanke daran macht mich fertig. Ich würde am liebsten wieder aussteigen. Keil weiß das. Er merkt mir das an. Er ist total entspannt, er spielt immer noch besser. Er weiß absolut, was er tut, jede Bewegung hat er sich ausgedacht, jeder Satz ist genau geplant, er hat eine Art Melodie, in der er spricht, die macht er immer gleich. Dadurch wird er noch interessanter. Und wenn er sich bewegt, ist das wie Tanz. Wenn ich mich bewege, ist das einfach nur wie Bewegung. Katharina tanzt auch. Und singt bei jedem Wort. Es ist eigentlich egal, was die beiden sagen, es geht nur darum, wie sie es sagen. Das ist das eigentliche Wunder! Sie könnten auch die Seiten des Telefonbuchs aufsagen, der Effekt wäre genauso stark. Aber Katharina hilft mir. Wenn sie mit mir spielt, kann ich auch ein wenig tanzen. Ohne sie kann ich es nicht.

Heute bei der Probe hatte ich einen Hänger. Es waren einige Schüler aus den anderen Klassen da, die haben zugesehen, das hat mich nervös gemacht. Ich hatte eine Stelle, wo ich ein paar Sätze an Katharina richten sollte. Dass ich sie liebe und dass sie meine Frau ist und dass sie sich entscheiden muss zwischen uns beiden. Ich stand auf der Bühne, in vollem Kostüm und mitten im Licht, und die Sätze sind mir nicht eingefallen. Ich habe in meinem Kopf gewühlt, und je mehr ich gewühlt habe, desto enger wurde es in mir,

mir sind lauter alberne Sätze eingefallen, nur nicht die richtigen. Und in die Stille, nach einigen Sekunden, hat Keil dann auf einmal gesagt: O-oh ... Einfach nur das. O-oh ... In so einem bedauernden Ton. So ein »O-oh-das-ist-jetzt-aber-dumm-gelaufen«. Das war eine Hinrichtung. Dieses Bemitleidende in seiner Haltung. Die ganze Häme. Ich konnte nicht anders, ich bin zu ihm hin und habe ihn am Hals gepackt, mit beiden Händen, und dann habe ich zugedrückt, mit aller Kraft. Er hat mich nur ganz ruhig angeschaut, aber sein Kopf ist immer roter geworden, und er hat nur ganz ruhig geschaut, was passiert, und dabei sind ihm die Augen rausgequollen. Erst haben die anderen gedacht, das wäre alles Spiel, aber dann haben sie gerufen: He, Paul, lass das, he, hör jetzt mal auf damit, und so. Keil ist in die Knie gegangen, aber ich konnte nicht aufhören zu drücken, meine Finger waren schon richtig tief in seinen Hals eingedrückt. Bis Katharina kam und meine Hände auseinandergezogen und leise gesagt hat, lass das jetzt. Da konnte ich meine Hände wieder öffnen. Und Keil ist zu Boden gefallen und hat heftig geatmet. Die anderen standen nur auf ihren Plätzen und haben geglotzt. Und Frau Zucker hat mich angeschaut, ihre Augen waren weit geöffnet. Auch Keil hat mich angeschaut. Aber in seinen Augen habe ich ein winziges Lachen gesehen, minimal, kein anderer hat's gesehen, nur ich. Und da bin ich rausgelaufen auf die Straße,

es hat geregnet, trotzdem bin ich einfach immer weiter gelaufen und gelaufen und gelaufen im Regen und hab gefroren und bin gelaufen und konnte mich nirgendwo verstecken. Bis ich an einen Kiosk gekommen bin. Da hab ich dann Bier getrunken, viel Bier. Ich hatte kein Geld dabei und musste deshalb immer weiter trinken. Als der Wirt dann gemerkt hat, dass ich nicht zahlen konnte, wollte er mich erst verprügeln. Aber dann hat er mich einfach nur rausgeschmissen und die Tür abgeschlossen.
Und ich habe gekotzt. Bis ich nicht mehr konnte.

4. 8. 1966
Mir geht's immer noch schlecht. Kann mich kaum bewegen. Was war das bloß? Ich muss immer drüber nachdenken. Die anderen in der Schule sehen mich komisch an. Vielleicht haben sie jetzt Angst vor mir.
Ich war heute um acht in dem Raum. Wegen Frau Zucker. Ich habe mich eigentlich nicht getraut, bin dann aber doch hingegangen. Es war niemand da. Ich wusste, dass niemand kommt. Nach der Sache. Sie will mich bestimmt nicht mehr sehen, Frau Zucker. Sie wird mir nie wieder ein Geschenk machen. Nie wieder, ich Idiot, ich Idiot!
Selbst das hat Keil gewusst. Er hat es geschafft, dass ich mich selber disqualifiziere. Nur durch eine kleine Bemerkung. Er ist der Meister der Manipulation. Er ist immer einen Schritt weiter als ich.

Paul stand vor dem alten Golf, den er am Nachmittag aus einer Garage der Ferienhaussiedlung entwendet hatte, und zog den Reißverschluss des papiernen Arbeitsanzuges langsam hoch. Um ihn herum auf dem Bürgersteig des Ortes bewegten sich nur wenige Passanten, es war kurz vor vier am Freitagnachmittag in Neuenkirchen, einem Dorf an der Nordsee.

Von draußen konnte er sehen, dass drinnen vor den Schaltern jeweils zwei Personen standen, Paul wollte warten, bis sie gegangen waren, aber immer wenn jemand die Bank verließ, betrat sie – fast wie verabredet – ein neuer Kunde.

Pocke wartete am Steuer des Golfs, Schweißperlen standen ihm auf der Stirn, er saß tief in den Fahrersitz gesunken, trug eine Sonnenbrille und war zu Stein erstarrt.

Paul drehte sich noch einmal um, zog die Kapuze über den Kopf, setzte eine Sonnenbrille auf und sah in der Drehung den Schatten einer Person in einem Fenster auf der anderen Straßenseite. Nur kurz wischte Pauls Blick zurück und fiel auf die starren Augen eines Mannes in seinem Alter, der ihn beobachtete, ausdruckslos, unbeweglich und steif, blass und grau, der vielleicht jeden Tag stundenlang dort stand und die Straße beobachtete, der wahrscheinlich darauf wartete, dass irgendetwas passierte, der sonst nichts mehr zu tun hatte, als immer nur zu starren, auf den immer gleichen Ausschnitt der Welt. Und für einen Moment meldete sich in Paul eine warnende Stimme zu Wort, die ihn zurückhalten wollte, doch dann spürte er diesen Ruck, der durch ihn hindurchging, als hinge er an einem Angelhaken, von dem er sich nicht lösen konnte, der ihn voranzog, hinein in ein Geschehen, in eine Handlung, deren Regisseur nicht er selber war. Er gab dem Zug nach und betrat die Bank. Keiner der Kunden drehte sich nach ihm um, er öffnete den Anzug, holte das Jagdgewehr hervor und zielte damit auf einen der Kunden. Paul schrie, gab Anweisungen, die Kunden legten sich auf den Fußboden, und der Kassierer stand halb gebückt im Kassenhäuschen und packte Scheine in einen Beutel. Eine ältere Dame betrat die Bank, und Paul wirbelte herum, sie schrie auf vor Schreck und taumelte rückwärts, stolperte, schlug der Länge nach hin und knallte mit dem Kopf gegen die Scheibe, wo sie ohnmächtig liegen blieb. Paul wurde noch nervöser und schrie noch lauter herum, der Kassierer band den Beutel zu und warf ihn über die Scheibe des Kassenhäuschens, und Paul ging rückwärts mit der Waffe im Anschlag Richtung Ausgang. Er ließ das Gewehr in seinen Anzug gleiten, öffnete die Beifahrertür, und Pocke startete den Wagen. Durch das Fenster der Fahrertür sah Paul den Mann auf der anderen Straßenseite, er hatte jetzt das Fenster geöffnet und zielte mit einem Gewehr auf sie.

Paul schrie Pocke an: »Fahr endlich los! Fahr!« Aber Pocke fuhr nicht. Und Paul sah wieder zu dem Mann, und in dem Moment splitterte die Scheibe des Wagens, dann kippte Pockes Kopf zur Seite. Paul schrie ihn an, aber Pocke sackte nur in sich zusammen, und Paul sah, dass in seiner Wange ein ganz kleines Loch war, aus dem ein wenig Blut quoll, aber nur sehr wenig. Pockes Blick war erstaunt, aber nur der des einen Auges, das andere hatte sich nach außen gedreht und blickte stumpf zur Seite. Dann splitterte wieder Glas, und Paul brüllte auf. Er sah den Alten auf der anderen Straßenseite zielen und zog Pocke zu sich rüber, kletterte über ihn, setzte sich auf den Fahrersitz, und die ganze Zeit über schlugen dumpf Patronen ins Blech. Und dann gab Paul Vollgas, quer über den Kreisverkehr, es knallte, als er auf dem Bordstein aufsetzte, er bog in die erste Seitenstraße und die zweite und an deren Ende in den Feldweg, dann in den nächsten Feldweg und den übernächsten, und schließlich kam er zu dem Teich. Er zog zuerst den Geldbeutel und dann Pocke aus dem Wagen. Pocke lief ein wenig Speichel aus dem Mund, und Paul legte den ersten Gang ein und ließ den Wagen in den Teich fahren, und der Golf versank bis übers Dach im trüben Wasser. Paul zog sich ein paar Scheine aus dem Geldbeutel, steckte sie ein und legte das Geld dann vorsichtig in den Bienenstock. Die Bienen blieben ganz ruhig und ließen ihn machen, vielleicht weil sie stolz waren, jetzt so reich zu sein. Danach zerrte Paul seinen Freund auf die Beifahrerseite des Datsuns, setzte ihn in den Sitz und schnallte ihn an. Pocke starrte nur vor sich hin, und der Speichel lief ihm das Kinn runter, und der Vogel im Fond des Wagens krächzte aufgeregt. Dann fuhr Paul die Feldwege runter, von fern hörte er die Polizeisirenen, aber er fuhr einfach immer weiter, und niemand hielt ihn auf.

Paul schwieg und atmete ganz ruhig, und irgendwann sah er im Rückspiegel, dass ihm Tränen über die Wangen liefen, er wischte sie nicht weg.

Später kam er ans Meer, an den Jadebusen bei Dangast, und fuhr auf den Deich. Vor ihm lag das Watt, es war Ebbe. Er zog Pocke vorsichtig aus dem Auto. Pocke konnte stehen, sogar in kleinen trippelnden Schritten gehen, aber er schien völlig orientierungslos.

Paul schaute sich die Wunde auf Pockes Wange näher an. Sie war klein und mit dunklem Blut verklebt. Er setzte sich mit Pocke auf eine Bank und blickte über das Meer, und die Tränen liefen ihm wieder herunter.

Und auf einmal fing Pocke an zu sprechen, sehr leise, aber in einem langen, ununterbrochenen Strom: »Menschen mögen Birnen. Birnen machen alt. Ich möchte Nusskuchen mit Honig, liebes Fräulein Schalau. Alte Menschen muss man stopfen. Wie viele Schwestern haben Sie? Fliegen. Birnen. Kleingeld. Die Politiker machen alles selber. Ich war ein Schülerienchen. In der Vinckeschule. Öffnen Sie den Kohlenschacht. Die Bäume sind gefährlich. Was macht Patrick Hagedorn? Ich geh mal zu den Nachbarn. Fernsehen hilft beim Backen. Wir werden fünf Zentimeter höher leben. Ich habe in Schuhen rechnen gelernt …«

Paul sah Pocke an und hatte das Gefühl, die Wörter kamen direkt aus dem kleinen Loch in seinem Schädel, ungefiltert, so als würde dort Druck abgelassen. Pocke blickte auf die See und sprach leise weiter.

»Tasten. Bienen. Rost. Hitler war heimlich in Dänemark. Man kann Geld essen. Mutter ist gefährlich. Nehmen Sie mich mit, Sie Kobold. Ich möchte ein Geschirr aus Grieß. Die CDU setzt sich für mich ein. Pfannenstiele in der Stille. Fräulein Sabine Hagedorn kann fliegen. Sand. Unfall. Kuchen …«

Paul blickte auch auf die See und hörte ihm zu. Und das Gefühl einer übermächtigen, untilgbaren Schuld füllte ihn ganz und gar aus. Und er konnte nichts anderes tun, als sitzen und warten.

Bis es endlich dunkel wurde.

5.8.1966

Heute ist die Premiere.

Mir platzt fast der Schädel. Ich habe die Texte unendlich oft gelesen und gesprochen. Wie kann es bloß sein, dass der eine seinen Text nur einmal lesen muss und ihn sofort im Kopf behält? Und der andere muss jeden Satz dreißigmal lesen. Warum ist das so? Bin ich nicht intelligent genug? Ist das ein Zeichen von Dummheit? Sind gute Schauspieler schlauer als andere Menschen? Ich glaube manchmal, dass ich zu dumm bin.

Ich habe auch versucht, mir alle Bewegungen einzuprägen, jeden Schritt, jede Drehung.

Ich werde mich von Keil weder provozieren lassen noch auf ihn reagieren, ich werde einfach nur spielen. Ich weiß, dass man mich nicht spielen lassen wollte. Frau Zucker hat kurz mit mir geredet. Sie hat mir gesagt, dass sie das nicht billigen kann, was ich getan habe. Dass man mir aber die Chance geben würde, mich zu rehabilitieren. Und dass ich normalerweise draußen wäre. Ich hab mich dann entschuldigt. Ich wollte mich natürlich nicht für das entschuldigen, was ich Keil getan habe, sondern bei ihr, weil es doch alles so schön hätte sein können zwischen uns. Ich hab alles vermasselt. Aber vielleicht gibt sie mir ja doch noch eine Chance. Wenn ich es gutmache und wenn ich gut spiele. Vielleicht trifft sie mich dann noch mal. Frau Zucker hat gesagt, dass ich nur spielen darf, wenn ich mich vor versammelter Mannschaft bei Keil entschuldige. Ich habe zugestimmt. Und das war es wahrscheinlich, was er wollte. Erst demütigt er mich die ganze Zeit, und dann muss ich mich auch noch bei ihm entschuldigen!

Vater schweigt noch immer. Ich habe ihm von der Premiere erzählt. Ich habe mich zu ihm ans Bett gesetzt und ihm alles erzählt. Auf einmal hatte ich das Gefühl, ich könnte das tun. Und es würde Sinn machen. Ich saß da bestimmt eine Stunde und hab erzählt, wie aufregend das Ganze ist und dass ich Angst davor habe. Da hat er auf einmal meine Hand genommen und sie gedrückt. Mit geschlossenen Augen. Und ich hätte fast angefangen zu heulen, weil das so unerwartet war. Und weil es mir Kraft gegeben hat. Weil er mich verstanden hat und mir sagen wollte: Ich bin da! Ich werde öfter mit ihm reden. Vielleicht erwacht er ja dann wieder.
Jetzt gehe ich los. Ich wünsche mir viel Glück!
Du schaffst das!

20. 8. 1966
Sie lassen mich schreiben. Immerhin darf ich in meinem Tagebuch schreiben. Ansonsten hab ich kaum was hier. Ein paar Klamotten, drei Bücher, ein Radio. Ich weiß nicht mal, ob das Jugendarrest ist oder Jugendknast. Ich bin seit einer Woche hier. Es ist klein, das Zimmer. Und immer kühl. Um zehn geht das Licht aus.
Es ist grauenvoll.
Das war alles so irre. Das war alles vorbereitet, glaube ich.
Ich muss es aufschreiben, um mich zu sortieren.

Damit ich mich später genau daran erinnere. Damit ich begreife, was passiert ist.

Am Abend der Premiere bin ich zur Schule gelaufen. Es war viel los, viele Erwachsene, also Eltern und Lehrer, waren da. Alle kamen in der Schulaula zusammen, schick angezogen und so. Vor der Schule hab ich Katharina getroffen. Sie hat mich ganz freundlich begrüßt und sich bei mir untergehakt. Unglaublich, grade jetzt, wo so viele Leute da waren, dachte ich. Und nach dem, was passiert ist. Ich war richtig stolz darauf. Katharina war ganz ruhig, sie schwebte ein bisschen über dem Boden. Ich musste sie immer wieder anschauen, so schön war sie. Und sie hat mich angeschaut, mit diesem Blick von irgendwoher.
In der Aula haben sich alle versammelt, und dann hat erst der Direx eine Rede gehalten und dann Frau Zucker. Auch sie sah toll aus, glühende Wangen hatte sie und weiße Hände. Darüber, warum wir dieses Stück ausgewählt haben, hat sie gesprochen, dass es mit Jugend und Liebe zu tun hat und mit Eifersucht und Verzweiflung und dass wir die meisten Dialoge selber geschrieben haben und überhaupt fast alles selber erfunden haben. Also, dass Goethe uns die Idee gegeben habe, aber der Rest sei von uns! Und wie gut wir Schüler dabei mitgemacht hätten.
Die Eltern haben sich umgeschaut und waren stolz

auf ihre Kinder. Nur ich war allein, aber ich hatte ja Katharina an meiner Seite. Es war alles wie verzaubert, weil es so festlich war und alle so angemessen waren, kann man das sagen? Egal.

Dann sind wir hinter die Bühne gegangen, um uns vorzubereiten. Da war ein ziemlicher Stress, Kostümleute, Bühnenleute, unsere Darstellertruppe, totales Durcheinander. Und kurz vor dem Stück haben wir uns alle hinter dem Vorhang gesammelt, und Frau Zucker hat uns Glück gewünscht. Es wurde ganz ruhig. Und dann habe ich mich entschuldigt. Das war ein schlimmer Moment. Ich stand da und hab nicht gewusst, wie ich anfangen soll. Keil war ganz entspannt und hat gewartet und die Situation genossen. Ich bin also zu ihm hin und hab die Hand ausgestreckt und gesagt: Entschuldigung. Es tut mir leid, was ich getan habe. Erst hat er nichts gemacht, und alle haben den Atem angehalten. Aber dann hat er meine Hand genommen und gesagt: Klar, kein Problem, du warst gestresst und hast falsch reagiert, das kann ich verstehen, und ich verzeih dir natürlich, mein Lieber. Er hat meine Hand genommen und mich danach auch noch umarmt! Ich hätte kotzen können, aber die anderen haben applaudiert, wegen seiner »Großmut«.

Nur Katharina hat Keil ganz komisch angeguckt. Es sah irgendwie nach Abscheu aus. Jetzt hat sie ihn endlich durchschaut, dachte ich. Jetzt hat sie endlich gemerkt, was für ein mieser Charakter der Typ ist. Endlich!

Dann sind alle auseinandergegangen, in die Maske, die Garderobe und so weiter. Ich hab mir im Toilettengang meine Sachen zurechtgerückt. Und da kam dann Katharina auf einmal an. Sie hat mich an sich gezogen und mir einen langen Kuss gegeben und mich dabei umarmt. Ich konnte es nicht glauben, dass sie sich grade jetzt zu mir bekennt vor all den anderen, die uns da sehen konnten. Und natürlich kam auch Keil vorbei, und er hat uns auch gesehen. Sein Gesicht war vollkommen undurchdringlich, ich hab keine Regung bemerkt, aber in den Augen, da war etwas, das hab ich mitbekommen, da war noch was anderes. Ich hatte schon wieder das Gefühl, dass da ein Lachen ist, tief drinnen, ein leises, ätzendes Lachen.

Ich hab mich von ihm weggedreht, und dann hab ich meine Kette abgenommen, die, die ich von Mutter habe, eine feine goldene Kette mit einem Anhänger aus Bergkristall, klein, aber ganz klar und rein, sodass sich das Licht darin zu einem strahlenden Punkt bündelt. Den Anhänger hab ich ihr umgehängt. Sie hat mich nur angeschaut und ganz leicht gelächelt, irgendwie traurig gelächelt.

Der wird dir Glück bringen!, habe ich ihr zugeflüstert. Und da hat sie mich sehr ernst angeschaut. Als wenn sie mir etwas ganz Wichtiges sagen wollte. Und sie wollte grade sprechen, da ging das Licht aus im

Saal, und das Stück fing an. Mit mir und Katharina als den ersten beiden auf der Bühne. Ich hab gleich gemerkt, jetzt passiert etwas, ich bin drin. Vielleicht wegen dem Publikum. Bestimmt wegen dem Publikum! Es bringt Spaß, das vor Menschen zu machen. Es ist ganz anders als bei den Proben gewesen. Das Publikum schaut genau zu, die lachen und gehen mit und geben einem das Gefühl, das Richtige zu machen. Es hat mich beflügelt, man fliegt ein bisschen, wenn man vor Publikum spielt, alles scheint einen tieferen Sinn zu haben.

Dann betrat Keil die Bühne. Er hat wirklich gut gespielt, ich hab ihm zugesehen. Und Katharina war genauso gut. Sie flogen über die Bühne wie ein Eislaufpaar. In meinem Herzen hat es gerissen und geknackt. Das Publikum wollte die beiden zusammen sehen. Sie waren so gut, dass das Publikum spontan applaudiert hat. Und immer, wenn sie bei mir war, hat er seine Eifersucht so gut gespielt, dass auch ich nicht unterscheiden konnte, ob er jetzt mich oder meine Rolle meinte. Denn er hatte ja gesehen, was zwischen mir und ihr war, hinter der Bühne. Er musste sich wohl nicht groß entscheiden, es stimmte in beiden Fällen.

Das Stück lief toll durch, und das Publikum hat viermal zwischendurch applaudiert! Und auf dem Höhepunkt der Geschichte bringt sich Werther um. Das hat Frau Zucker in unserer Aufführung zu einem

Selbstmord vor allen anderen Schauspielern gemacht. Also, es war Keils Idee, aber sie hat es dann umgesetzt. Als Anschuldigung an seine Geliebte, aber auch an die Gesellschaft.
Keil steht da und spricht und schreit und geht auf die Knie und schaut Katharina an, und er heult wirklich, es ist alles echt, die Tränen rinnen ihm nur so runter. Katharina ist ganz ergriffen und steht zwischen uns und lässt meine Hand los und weiß nicht, wo sie hinsoll. Und dann nimmt er die Pistole, mit der wir das Ganze geprobt haben, und hält sie sich an den Kopf und schaut Katharina an, und die Tränen laufen ihm runter. Sie fängt auch an zu weinen, das hatten wir gar nicht geprobt so, aber jetzt wirkt es sehr echt. Das dauert unendlich lange, wie sie sich da anschauen. Und zwischendurch schaut sie immer wieder zu mir, und in ihren Augen ist so eine Angst, wie ich sie bei ihr noch nie gesehen habe. Die Spannung im Raum ist zum Zerreißen. Dann drückt er ab. Und Blut spritzt, und er fällt sofort zur Seite und zuckt mit einem Fuß so ein bisschen. Wir hatten bei den Proben gar kein Blut eingesetzt. Und deshalb sind wir alle ganz starr. Das Publikum weiß das alles nicht, und nach drei Sekunden Stille fangen die an zu klatschen und zu jubeln, und die meisten stehen auf, und der Applaus ist ohrenbetäubend. Katharina und ich sehen uns an, ich werde ihren Blick nie vergessen. Der war so vollkommen leer.

Und dann sind wir alle zu Keil gestürzt, und das Blut floss aus seinem Kopf. Der Jubel hörte langsam auf und der Applaus, und langsam merkten alle, was passiert war, und einige Frauen schrien und brachen zusammen. Der Vater von Keil rannte schreiend auf die Bühne, und Frau Zucker brach ohnmächtig am Bühnenrand zusammen. Der Saal wurde geräumt, und die Polizei kam, und wir Darsteller saßen alle herum und waren bleich und konnten es nicht glauben.
Die Ärzte haben nur noch den Tod von Keil feststellen können.
Dann sind wir alle befragt worden, erst alle zusammen und dann alle getrennt. Das Wort Selbstmord machte die Runde, dass er sich umbringen wollte, dass es einen Abschiedsbrief von ihm gäbe und so weiter.
Erst spät in der Nacht durften wir nach Hause.
Ich bin dann wieder zu Papa, er lag wie immer schweigend im Bett, und ich hab mich hingesetzt und ihm alles erzählt. Er hat nichts gesagt, aber irgendwann hat er die Augen aufgeschlagen und mich angeguckt. Und dann hat er auf einmal die Lippen geöffnet und hat mit leiser Stimme gesagt: Das Weltall ist unendlich groß und kalt und tot, und das Leben ist eine winzige Insel des Lichts in diesem Ozean der Dunkelheit.
Ich war ganz erschrocken. Ich hab versucht, mit ihm zu sprechen, aber er hat nur meine Hand gedrückt und nichts mehr gesagt. Irgendwann ist er eingeschla-

fen. Ich hab geheult. Am nächsten Morgen kam die Polizei zu uns und hat mich abgeholt. Es bestünde der dringende Verdacht, dass ich in die Sache verwickelt sei. Dass es zwischen mir und Keil ein Problem gegeben habe, das hätten viele Zeugen ausgesagt. Und ob ich die Waffe durchgeladen hätte mit einer echten Patrone. Sie haben mich ewig verhört. Und dann haben sie mich eingesperrt.
Unglaublich, dass sie jetzt mich verdächtigen. Aber auch das muss sein Plan gewesen sein. Es war alles genau geplant. Sein Plan war es, mich zu zerstören. Weil ich Katharinas Liebe bekommen habe. Und weil ich etwas habe, das er nicht hatte. Dabei weiß ich immer noch nicht, was das ist. Aber ich weiß, dass es da ist. Er wollte mich fertigmachen, und dafür war ihm kein Opfer zu groß. Selbst das des eigenen Lebens nicht. Das nenne ich eine perfekte Inszenierung.
Sie wollen mich hierbehalten. Es wird lange dauern, sagen sie. Erst kommt die Verhandlung. Aber selbst wenn ich nicht sitzen muss, wollen sie dafür sorgen, dass ich nicht auf die Gesellschaft losgelassen werde. Hat der eine Aufseher gesagt. Wir sorgen dafür, dass Typen wie du nicht auf die Gesellschaft losgelassen werden!
Ich bin draußen aus allem.
Was wohl mit Katharina ist?
Ich darf keinen Besuch haben.
Es macht keinen Sinn mehr zu schreiben.

Paul legte sein Tagebuch beiseite und rieb sich die Augen. Im Hintergrund hörte er Pocke murmeln.

Er hatte einen alten Wohnwagen aufgebrochen. Am Rande eines Campingplatzes. Paul hatte etwas zu essen gekauft und die Gasheizung aufgedreht.

Pocke saß am Tisch am anderen Ende des Wohnwagens und blickte auf einen nicht eingeschalteten Fernseher. Er sprach leise vor sich hin.

»Skimasken gehen aufs Gewebe. Malta wirft kühle Schatten. Kleine Hunde mögen Spinnen. Ich hab die Pocken am Rücken. Bitte sieben Sie das Getriebe. Architektenbeine können nicht alleine leben ...«

Paul setzte sich zu ihm.

»Pocke, hörst du mich?«

Pocke reagierte nicht, leise und langsam sprach er weiter. Er schien müde zu sein. Paul führte ihn zum Doppelbett. Pocke legte sich nieder und schloss sofort die Augen. Innerhalb weniger Sekunden war er eingeschlafen.

Paul nahm sein Tagebuch und schlug es auf, um noch einmal das Ende seiner Aufzeichnungen zu lesen. Die folgenden Seiten waren leer. Nur ganz am Ende des Buches, auf die letzte Seite, war ein Gesicht gezeichnet, das Gesicht eines jungen Mannes, der von unten hinaufschaute, in die Augen des Betrachters. War das sein Gesicht? Das Gesicht von Keil?

Paul konnte sich nicht erinnern. Und er konnte sich auch nur schwer an die Zeit nach dem Ende der Aufzeichnungen erinnern. Er war im Jugendknast geblieben. Auch ein Anwalt hatte seine Verurteilung nicht verhindern können. Er war siebeneinhalb Jahre eingesperrt gewesen. In verschiedenen Gefängnissen. Zum Schluss als Freigänger. Und er hatte danach sehr lange gebraucht, um sich in der Außenwelt wieder zurechtzufinden.

Paul legte sich neben Pocke aufs Bett, er sprach zu ihm, wie er damals zu seinem Vater gesprochen hatte. Aber eigentlich sprach er zu sich selber. Langsam und leise.

»Diese Zeit ist zu meinem Schicksal geworden. Wenn das alles damals anders gelaufen wäre, wäre ich ein anderer geworden. Ich bin nie wieder richtig in die Spur gekommen. Einmal vom Gleis runter, und du bleibst daneben. Für immer daneben. Ungünstige Startbedingungen. Pech gehabt. Pech, dass Vater Säufer war. Pech, dass Mutter weg war. Pech, dass Keil in mein Leben kam. Dein Pech, Pocke, dass du mich getroffen hast. Eine unglückliche Verkettung von Ereignissen und Personen. Einige haben Glück am Anfang. Ein funktionierender Geist, der in einen funktionierenden Körper, in eine funktionierende Familie in einem funktionierenden Land geboren wird. Bei dem besteht eine relativ hohe Chance, dass er in der Spur bleibt.«

Pocke schnarchte nicht mehr. Er lag einfach nur da und atmete leise. Vielleicht hörte er auch zu.

Paul kramte in seinen Taschen und fand die Seite

mit Katharinas Nummer. Da er das Autotelefon nicht benutzen wollte, beschloss er, eine Telefonzelle zu suchen.

Es war bereits dunkel draußen. Am Yachthafen fand er eine Zelle, die einsam im Schein einer Laterne stand. Er kramte etwas Kleingeld hervor, steckte es in den Schlitz und starrte auf die Nummer. Er zündete sich eine Zigarette an, dann wählte er. Es klickte in der Leitung und dauerte einige Sekunden, bis das erste Klingelsignal ertönte. Paul zog an seiner Zigarette und starrte ins Dunkel zwischen den Booten, deren Takelage rhythmisch und metallisch gegen die Masten schlug. Er war aufgeregt und rechnete dennoch mit nichts. Schließlich wurde abgehoben, und Paul hörte eine leise Stimme:

»Himmelfahrt.«

Paul konnte nicht sprechen. Er konnte auch nicht glauben, dass sie es war.

»Himmelfahrt, hallo?«

Wieder blieben ihm die Worte im Halse stecken.

»Ist da jemand?«

Paul fasste sich und fragte:

»Spreche ich mit Katharina Himmelfahrt?«

»Wieso, wer ist denn da?«

»Ich ... ich möchte Katharina sprechen.«

»Wer sind Sie, sagen Sie erst mal, wer Sie sind.«

»Hier spricht Paul.«

»Entschuldigung, wer?«

»Paul Zech. Wir waren zusammen in der Schule.«

Es war sekundenlang still am anderen Ende.

»Wir haben zusammen Theater gespielt … kannst du dich erinnern?«

Wieder Schweigen. Dann:

»Ja, ich kann mich erinnern, hallo, Paul«, sagte sie mit ruhiger Stimme.

»Ich wollte mich mal melden.«

»Das ist gut. Warum hast du das nicht schon früher gemacht?«

»Ich konnte nicht.«

»Du konntest nicht, warum?«

»Klingt vielleicht doof, aber das Leben ist mir irgendwie dazwischengekommen.«

Sie lachte unsicher am anderen Ende. Auf eine unbestimmte Weise meinte er ihre Stimme wiederzuerkennen. Er konnte sich nicht vorstellen, wie sie jetzt aussah, aber die Art zu sprechen weckte Erinnerungen in ihm.

»Verstehe. Mein Gott, dass du mich jetzt anrufst. Was machst du denn so?«

»Ich versuche gerade zu verstehen, warum ich der bin, der ich geworden bin.«

»Wie meinst du das?«

»Indem ich mein Tagebuch lese. Indem ich an die alten Orte fahre.«

»Aha. Du bist aber mutig, ich weiß nicht, ob ich mich das trauen würde. Wegen all der Erinnerungen.«

»Na ja, es ist erhellend für mich. Ich war im Gefängnis nach der Sache mit dem Selbstmord von Keil damals. Sie haben mich für den Täter gehalten. Weißt du das eigentlich?«

Es dauerte eine Zeit, bis Katharina antwortete.

»Ja, das haben sie uns in der Schule erzählt, dass du erst mal nicht mehr kommen würdest.«

»Sie haben mich weggesperrt. Am Anfang durfte ich gar keinen Besuch haben.«

»Ich weiß, ich habe es versucht, aber es ging nicht.«

»Du wolltest mich besuchen?«

»Ja, natürlich. Ich wusste ja, dass du mit Franz' Tod nichts zu tun haben konntest. Ich ...«

Sie brach ihren Satz ab und verstummte.

»Katharina, entschuldige, hast du überhaupt Zeit und Lust, mit mir zu sprechen?«

»Doch, ich habe Zeit ...«

»Schön. Das ist gut. Ich habe wie gesagt gerade mein Tagebuch von damals gelesen. Ich war erstaunt, wie viel ich vergessen hatte. Wir waren uns damals ziemlich nah, oder?«

»Ja, das waren wir. Es war auch für mich eine besondere Zeit damals. Wahrscheinlich kann ich mich deshalb überhaupt noch erinnern. Jedenfalls weiß ich, dass ich lange mit meinen Gefühlen gerungen habe. Ich habe gut mit Franz harmoniert beim Spielen – und er hat sich um mich gekümmert, denn er wollte mich ...«

»Besitzen. Er wollte sich mit dir schmücken.«

»Das auch. Auf jeden Fall habe ich irgendwann erkannt, wie kühl er ist. Wie kalt und stark. Bei dir hatte ich etwas anderes entdeckt.«

»Aber was? Ich habe mich beim Lesen des Tagebuches die ganze Zeit gefragt, was ihr in mir gesehen habt. Du und Frau Zucker. Ich konnte nicht spielen. Ich konnte meine Texte kaum behalten. Was war es?«

»Es ist wirklich schon sehr lange her, Paul. Aber ich glaube, es war deine Verletzlichkeit.«

»Wie meinst du das?«

»Du hast Schwäche gezeigt.«

»Deswegen hättest du dich für mich entschieden?«

»Alles, was ich weiß, ist, dass mir das imponiert hat. Paul?«

»Ja?«

»Warst du eigentlich nach dem Abend jemals wieder an unserem geheimen Briefkasten?«

»Nein, warum?«

»Weil ich dir einen letzten Brief hinterlassen hatte.«

»Und was stand darin, weißt du das noch?«

»Nein, das habe ich vergessen.«

Er holte kurz Luft.

»Katharina, wollen wir uns vielleicht mal sehen?«

»Ich weiß es grade nicht genau.«

»Entschuldige, ich wollte dich nicht überrumpeln. Darf ich mich noch mal bei dir melden? Irgendwann?«

»Ja, irgendwann schon. Mach's gut, Paul.«

»Du auch, Katharina.«

Sie klang müde, als sie auflegte.

Paul zündete sich noch eine Zigarette an und ging langsam zurück zum Campingplatz.

Sie lebte noch. Sie erinnerte sich. Und ganz vielleicht würde er sie irgendwann noch mal treffen können.

Die nächsten zwei Tage verbrachte er schweigend im Wohnwagen und hörte Pocke bei seinem Monolog zu. Nur einmal lief er zu Fuß zu einem kleinen Edeka-Laden in der Nähe, um ein paar Lebensmittel einzukaufen. An der Kasse lag eine Ausgabe der Lokalzeitung aus, die titelte:

DER HELD VON NEBENAN!

Darunter war ein Foto des Rentners zu sehen, der ihn und Pocke beschossen hatte. Paul nahm die Zeitung mit. Im Wohnwagen am Frühstückstisch las er sie.

EINER SETZT SICH ZUR WEHR!

Neuenkirchen/Dithmarschen. Der 69-jährige Rentner Günther P. (Name von der Red. geändert) hat schon seit Jahren keine Aufgabe mehr. Die lebenslange Arbeit im Hafen von Bremerhaven reicht nur zu einer schmalen Rente für ihn und seine nierenkranke Frau Gertrud. Als aber am vergangenen Freitag ein brutaler Bankraub stattfand, zögerte Günther P. nicht lange: Er holte das Kleinkalibergewehr, das er noch aus seiner Schützenzeit besitzt, und vertrieb die Verbrecher mit seinem mutigen und beherzten Einsatz. Zwar wird die Beute noch vermisst, aber Günther P.s Zivilcourage hätte zur Ergreifung der Täter führen können, so Kriminalobermeister Volker Strietz aus Heide.

Paul lehnte sich zurück und ließ den Blick von der Zeitung zu Pocke wandern, der mit dem einen Auge an die Decke blickte und mit dem anderen zum Seitenfenster hinaus, während er leise vor sich hinsprach. In Paul wallte Wut auf, unbändige Wut, auf die Zeitung, auf den Günther P. genannten Mann, auf sich selbst.

Am gleichen Nachmittag kramte er seine Parabellum hervor und inspizierte sie, sie war immer noch mit den fünf Patronen geladen, die seit Jahren in ihrem Magazin steckten.

Dann setzte er sich in den Datsun und fuhr los.

In der Nähe von Neuenkirchen ließ er den Wagen am Waldrand stehen, griff sich aus dem Fond seinen Regenschirm und ging zu Fuß weiter. Es nieselte leicht, und er begegnete auf seinem Marsch über die Feldwege keiner Menschenseele. Als er sich dem Teich näherte, bewegte er sich langsamer, sah sich ein paarmal um, einzig ein paar Kälber blickten ihn im Vorübergehen hinter einem Zaun verständnislos an. Von dem Wagen im Teich war nichts zu sehen. Vorsichtig näherte sich Paul dem Bienenkorb. Er öffnete ihn, langsam, um die Tiere nicht aggressiv zu machen. Aber der Korb war leer. Weder das Geld noch die Bienen befanden sich darin, außer ein paar zerbrochenen Waben war der Holzkasten leer. Es raste in Pauls Kopf – was war passiert? Wo war das Geld? Hatte ihn jemand beobachtet? Hatte der verfluchte Rentner etwas damit zu tun? Er war ratlos. Die einzigen Zeugen waren die Kälber, die ihm mit großer Wahrscheinlichkeit nicht helfen würden.

In Paul stieg erneut Wut auf. Er öffnete den Schirm und ging Richtung Neuenkirchen. Auf dem Weg, auf dem er vor Kurzem hinausgefahren war. Als er in die Nähe der Bank kam, ging er langsamer, versuchte wieder der Rentner zu werden, nach dem er aussah. Die Filiale war geschlossen. Gegenüber, im Fenster von Günther P., waren die Gardinen zugezogen, aber es brannte ein Licht, und ab und zu ging ein Schatten an der Gardine vorbei.

Paul umklammerte die Pistole in seiner Tasche. Er presste die Zähne aufeinander. Das wäre die Gelegenheit, seinen Gegner zur Rechenschaft zu ziehen. Nie wieder würde Paul ihm so nahe kommen, dessen war er sich sicher. Er ließ den Regenschirm sinken. Er überquerte rasch die Straße, lief an dem Haus entlang, bis er an der Seite vor der Haustür stand. Er drückte die Klinke, die Tür war nicht abgeschlossen. Paul schritt durch einen kurzen, dunklen Flur Richtung Wohnzimmer. Er öffnete eine Zimmertür und stand seinem Gegner direkt gegenüber. Es schien, als hätte der auf Paul gewartet.

Paul zog die Waffe aus seiner Tasche und hielt sie Günther P. an die Stirn.

»Hinknien!«

Günther P. gehorchte.

»Ich wusste, dass Sie kommen.«

»Weshalb?«

»Das war mir einfach klar.«

»Halt deinen Mund.« Paul spannte den Hahn. Günther P.s Blick weitete sich, blieb aber fest auf Paul gerichtet.

»Weißt du, was du getan hast?«

»Darf ich jetzt reden?«

»Halt deinen Mund! Weißt du dummer Mensch eigentlich, was du getan hast?«

»Nein, was habe ich getan?«

»Ich sagte, du sollst deinen verdammten Mund halten! Es ist alles überflüssig, was du von dir gibst.«

Paul sah seinen Gegner kühl an, er wartete auf einen Impuls aus seinem Inneren, auf eine instinktive Entscheidung.

»Wie heißt du wirklich?«

»Darf ich reden?«

»Du sollst nur sagen, wie du wirklich heißt! Dein Vorname!«

»Franz.«

Paul stockte. Er blieb stumm vor seinem Delinquenten stehen. Franz. Noch ein Franz. Einer am Anfang, einer am Ende. Beide Weichensteller. Er ließ seine Pistole sinken. Es war ihm unmöglich zu handeln. Stumm blickten sie einander an. Dann drehte er sich um und verließ das Haus.

Am späten Nachmittag kam Paul in Büsum an. Er fuhr mit dem Wagen direkt zur Schule und parkte auf dem Besucherparkplatz.

Seine alte Schule. Hier war er seit der Premiere des »Werther« nicht mehr gewesen. Langsam lief er um das Gebäude. Der Unterricht war längst vorüber, nur ein paar Putzkräfte verrichteten ihre Arbeit auf den Fluren. Durch die großen Scheiben konnte Paul in die Gänge und die Klassenzimmer sehen, die ihm zwar kleiner als früher vorkamen, aber in ihrer Anordnung genau seiner Erinnerung entsprachen. Lediglich die Wandbemalung und die Bilder hatten sich verändert. Ein paar merkwürdige Blitze durchfuhren ihn bei diesem vertrauten Anblick. Wehmut und Aufregung durchwirbelten ihn, und das Gefühl war ihm unangenehm. Lange verschüttete Erinnerungen an Personen und Ereignisse erwachten in ihm wie Geister zum Leben.

Er ging an dem Fenster entlang zur Rückseite des Schulgebäudes. Die Kastanien, die damals dort gestanden hatten, waren verschwunden, sie hinterließen ein paar klaffende Löcher auf seiner inneren Landkarte.

Er kam zu der Garage. Im Gegensatz zu früher waren ihre Türen verschlossen. Paul zog vorsichtig an der Klinke, und nach einigem Zerren gab die Tür ruckartig nach und öffnete sich. Das Innere war voller Gerümpel, bis in die letzte Ecke stapelten sich Stühle, Tische, Turngeräte, Fahrräder, Gartenwerkzeug, selbst gebastelte Kulissenteile und so weiter.

Paul kletterte über Berge von Unrat, die der Hausmeister hier abgeladen haben musste.

Hinten, in der rechten oberen Ecke, wo das Rohr war, Katharinas und sein toter Briefkasten, lehnten ein paar dunkle alte Bretter. Mühsam zog er sie hervor und stellte sie zur Seite. Dahinter befand sich tatsächlich das Rohr, genau an der Stelle, an der er es erwartet hatte. Paul zog sich die Jacke aus und krempelte den Ärmel hoch. Vorsichtig griff er hinein. Seine Hand war größer als damals, sein Arm dicker, er musste aufpassen, um nicht stecken zu bleiben. Dann spürte er etwas Hartes, Spitzes. Das war auf keinen Fall Papier, kein Brief. Paul zog die Hand heraus und hielt Äste zwischen den Fingern. Er griff noch einmal hinein und zog an dem borstigen Gegenstand. Schließlich löste er sich, und Paul zog ein Vogelnest hervor, staubig, alt, drei kleine, kalte Eier lagen darin, umsäumt von grauen Federn. Tote, erkaltete Vogelhoffnungen. Paul legte das Nest zur Seite und griff erneut hinein. Ganz am Ende des Rohres, dort, wo seine Hand kaum noch hinkam, konnte er etwas Rundes ertasten. Er griff es mit den Fingerspitzen und holte es hervor. Es war ein Brief, gefaltet und dann gerollt und zusammengebunden. Paul dankte dem Vogel, der mit seinem Nest diesen Brief so gut eingemauert hatte. Plötzlich krachte es hinter ihm, und ein Lichtstrahl tastete die Wände ab. Paul ließ den Brief in seiner Jackentasche verschwinden.

»Hallo? Werr ist da? Komen Sie soforrt rraus. Ich rrufe Polizei! Komen Sie rraus!«

Die Frauenstimme mit polnischem Dialekt überschlug sich fast. Umständlich gelangte Paul rückwärts über den Krempel zurück ans Tageslicht. Vor der Garage erwartete ihn eine kleine ältere Dame in Arbeitskittel und mit einer schweren Taschenlampe in der Hand, die sie wie einen Knüppel hielt.

»Was muachen Sie da?«

»Ich? Nichts. Ich hab nur ein bisschen gewühlt. Ich war hier mal Schüler.«

»Sie wollten brrechen ein!«

»Ich und einbrechen? Nein. Und was hätte ich klauen sollen? Den Müll da drin?«

»Was haben Sie dann gesucht?«

»Ich habe einen Liebesbrief gesucht«, sagte Paul,

zog den Brief aus seiner Tasche und hielt ihn ihr unter die Nase. Dann ließ er sie wortlos stehen.

Paul fuhr zurück nach Dangast. Im Wohnwagen stand Pocke mit dem Gesicht zur Schrankwand und sprach laut vor sich hin.

»Magensäure macht mager. Tische und Bienen heiraten Flugzeuge. Meine Ohren halten Kontakt nach oben. Knaben würgen Welse. Ich kenne alle Freunde beim Vornamen. Vor zwölf Uhr isst man keine Hasen …«

Er war aufgeregt. Paul hielt ihm ein Glas Wasser und ein belegtes Brot hin. Sofort beruhigte sich Pocke, setzte sich anstandslos und aß. Dabei redete er leise weiter.

Paul zog die Papierrolle aus seiner Jackentasche und legte seine Jacke ab. Er setzte sich auf das Bett und faltete den Brief vorsichtig auf. Das Band zerfiel fast, als er es löste, das Papier war ein wenig verwittert, die Schrift nur noch schwer zu entziffern. Es war Katharinas Handschrift.

Lieber Paul,
heute ist der große Tag.
Ich freue mich sehr, Dich gleich zu sehen.
Mir ist etwas über uns klar geworden. Mir ist klar geworden, dass Du mir näherstehst, als ich dachte.

Dass Du mir viel näherstehst als Franz. Mir ist klar geworden, dass er Dich von mir fernhalten will.
Ich glaube, dass er verrückt ist. Dass er Dir und uns wehtun will.
Ich werde das nicht zulassen!
Er wird sich heute auf der Bühne verletzen. Wenn alles so läuft, wie ich es geplant habe, wird er danach nicht mehr zwischen uns stehen. Dafür habe ich gesorgt. Man wird denken, dass es Selbstmord war, aber Du sollst wissen: Ich habe das für Dich getan. Und für uns.
Ich hoffe, Du liest diesen Brief. Und ich hoffe, wir sehen uns danach.
Ich werde auf Dich warten, an der Schleuse.
Ich freu mich auf Dich.
Ich hoffe, Du verstehst, was ich für uns tue …
K.

Paul legte sich zurück aufs Bett, mit geweiteten Augen starrte er an die Decke des Wagens.

So lag er da die ganze Nacht. Ab und zu drangen ein paar Worte aus Pockes Mund. Paul dachte und dachte, ließ die Gedanken fließen, sein ganzes Leben ging ihm durch den Kopf, unendliche Kolonnen von Bildern, Erinnerungen, Menschen, Tieren, Ereignissen, Gerüchen, Gefühlen, die er durch sich hindurchziehen ließ wie ein monumentales altes Filmepos.

Am nächsten Morgen schien die Sonne warm auf den leer gelaufenen Jadebusen. Paul stand auf, er fühlte sich leicht benommen und dennoch klar. Sein Blick fiel auf den Vogelkäfig. Die Klappe war offen, der Vogel stand darauf und blickte Paul an. Paul nickte ihm zu. Dann weckte er Pocke und setzte ihn an den Frühstückstisch. Paul servierte ein üppiges Frühstück, so wie sie es sonst nie aßen. Beide schwiegen und sahen einander beim Essen an. Pocke schien es gut zu gehen, er machte einen gelösten Eindruck.

Nach dem Frühstück ließ Paul die Wohnwagentür offen, führte Pocke zum Auto und schnallte ihn auf dem Beifahrersitz an. Er fuhr mit ihm um den Jadebusen herum, zur offenen See, auf die Landspitze nach Schillig. Dort stellte er den Wagen ab und warf eine Münze in die Parkuhr.

Dann ging er mit Pocke zum Wasser. Er zog erst sich und dann Pocke die Schuhe aus, krempelte ihre Hosen bis zu den Knien hoch. Sie gingen hinaus aufs Watt. Pockes Schritte waren vorsichtig, aber er wirkte heiter. Ein Auge blickte auf den Horizont, das andere auf Paul. Er sprach leise vor sich hin.

»Spitzenkübel singen gerne. Tiere wachsen unter der Erde. Ich war auch mal Matratzenflechter. Lassen Sie das faule Essen sofort fallen. Ich kann den Rand der Dose sehen. Ein Hai. Ein Fenster. Das All ...« Paul zog seine Pistole. Er lud sie durch, hielt sie in den Himmel und drückte fünfmal ab. Die Schüsse bellten über die weite Fläche. Pocke musterte Paul für einen kurzen Moment skeptisch, dann trippelte er voran.

Immer weiter gingen die beiden hinaus auf die graue spiegelnde Fläche. Bis sie nur noch kleine Punkte am Horizont waren.

Erster Epilog

Im Wohnwagen drehte sich Wolfgang auf der Tür seines Käfigs einmal um sich selber. Er flog zum Küchentisch, setzte sich darauf und drehte sich noch einmal um die eigene Achse.

Dann flog er zur Tür hinaus und in den hellen blauen Himmel.

Zweiter Epilog

Vier Wochen später fand eine Doppelbeerdigung in Hamburg-Ohlsdorf statt. Es waren keine Trauergäste erschienen. Die beiden Särge wurden mit einem Friedhofsbagger an Seilen herabgelassen. Ein Pfarrer sprach ein paar kurze Worte und bespritzte die Gräber mit Weihwasser. Ein Friedhofsdiener stellte zwei hölzerne Kreuze auf.

Paul Zech

Siegfried Pocke

Darunter die Geburts- und Todesdaten.

Die Luft war kühl und feucht, und die Friedhofsarbeiter beeilten sich, mit der Arbeit fertig zu werden.

Zwei Stunden später lagen die Gräber frisch und verlassen da.

Als es dämmerte, betrat eine ältere Frau den Friedhof. Sie war ganz in Schwarz gekleidet und trug einen Schleier vor dem Gesicht. Vor den beiden frischen Gräbern blieb sie schweigend eine Weile stehen.

Schließlich griff sie in ihre Handtasche und zog eine Kette hervor, an der ein Anhänger aus Bergkristall hing. Sie hängte sie um das Kreuz von Paul Zech.

Die Wolken am Himmel hatten sich einen Spaltbreit geöffnet, und das Licht der untergehenden Sonne fing sich in dem Kristall zu einem strahlenden Punkt.

Die Frau beobachtete das Lichtspiel eine Weile.

Dann ging sie.